KB171213

광인 수술 보고서

SEOUL, 2014

광인 수술 보고서

초판 제1쇄 발행일 2014년 5월 25일
초판 제2쇄 발행일 2020년 3월 15일
지은이 송미경
발행인 윤호권 발행처 (주)시공사
주소 서울시 서초구 사임당로 82
전화 영업 2046-2800 편집 2046-2821~4
인터넷 홈페이지 www.sigongsa.com

글·그림 ⓒ 송미경, 2014

이 책의 출판권은 (주)시공사에 있습니다. 저작권법에 의해
한국 내에서 보호받는 저작물이므로 무단 전재와 무단 복제를 금합니다.

ISBN 978-89-527-6789-9 44810
ISBN 978-89-527-5572-8 (세트)

*홈페이지 회원으로 가입하시면 다양한 혜택이 주어집니다.
*잘못 만들어진 책은 구입하신 서점에서 바꾸어 드립니다.

광인
수술 보고서

송미경 지음

시공사

광인 수술 보고서

● 작성자 김광호

*본 보고서는 환자 이연희가 직접 작성한 수술 후기를 집도의인 본인 김광호가 각 주와 주석으로 보충한 것임을 밝힙니다. 한 군데도 빠짐없이 함께 읽어 주시길 당 부드립니다.

**본 보고서를 읽고 본인 김광호가 다시 '오만한 신경정신과전문의 협회' 회원 자 격을 얻는다면 이 수술에 대한 보다 과학적인 수술 보고서와 논문을 제출할 예정 입니다.

***본 보고서의 진실성을 뒷받침하기 위하여 환자 이연희가 작성한 수술 후기의 원본 일부를 자료로 첨부하였습니다.

들어가며

　본인 김광호는 국내 최초로 광인 수술을 시도한 자로서 이 보고서를 한때 제가 몸담고 있던 '오만한 신경정신과전문의 협회'에 제출합니다. 이 보고서는 소제목을 제하고는 한 글자도 빠짐없이 환자 이연희의 기억에 의해 기록된 것입니다. 환자 이연희는 일상생활이 어려울 정도의 복합적 정신 질환을 앓고 있었고 오랜 시간 신경 정신과 치료와 상담을 받아 왔으나 차도가 없는 환자였습니다.

　아직 검증되지 않은 환상적이고 실험적인 이 수술에 동참해 준 우리의 자랑스러운, 최초의, 유일한 환자인 이연희 양! 당신의 빛나던 직관이 무뎌진 것, 당신의 영민한 강박증들이 풀 죽은 것, 누군가 제법 이해할 만한 서사 체계를 터득하게 된 것을 축하합니다.

　끝으로, 철저히 비논리적이며 불완전했던 이 수술을 함께 집도한 이동영, 박태민 의사와 김 간호사, 양 간호사, 그리고 힘들게 수술을 결정해 준 이연희 양의 가족들에게도 심심한 감사를 전합니다.

　　　　　　　- 단 한 순간도 의사가 아니었던 적 없는 김광호

경계인

내게 광기 말기[1]라는 말을 할 때 내 담당 의사의 오른쪽 턱 끝에 난 수염이 흔들렸어요. 그 수염은 하얀색이었어요. 토끼나 고양이 들에게 난 수염보다 더 얇은 것이었어요. 내가 그 수염에 대해 말하자 담당 의사는 거울을 보지 않고도 한 번에 그 수염을 뽑아 버렸어요. 종종 그 자리에 그런 이상한 수염이 난다면서요.

내 담당 의사 김광호는 지난 삼 년간 내게 늘 같은 말을 반복했어요. 내가 정상인과 광인의 경계를 넘나들고 있다는 거였어요. 그리고 지난여름부터 의사는 내가 드디어 광기 말기에 접어들었고 이제 곧 광인도 정상인도 아닌 전혀 다른 존재가 될 것이라고 말했어요.

나는 그 말을 듣는 순간 큰언니가 이야기해 준 바벨론의 왕[2]이 생각났어요. 그 왕은 어느 날 소처럼 풀만 뜯어 먹으며 밤

---

1) 환자 이연희는 사춘기 이후 심한 강박 장애를 드러냈으며 고등학교를 중퇴하고 약물 치료와 행동 요법을 병행해 오다가 만 열일곱 살이 되던 해 광기 말기 판정을 받았습니다.

2) 구약 성경 다니엘서 4장에 나오는 느부갓네살 왕에 관한 이야기로 추정됩니다.

낮으로 밖을 떠도는 광인이 되었어요. 그의 풀어 헤친 머리
털은 독수리 털처럼 자랐고 손톱은 새의 발톱과 같이 길게
구부러졌어요. 그의 몸은 언제나 이슬에 젖어 있었고 온몸에
때가 끼어 그의 얼굴엔 눈동자만 보였어요. 왕은 그렇게 칠
년 동안 들판을 떠돌다가 다시 예전처럼 정상인이 되었어요.
그렇다면 소처럼 풀만 뜯어 먹으며 지낸 칠 년 동안 그는 사
람이었을까요, 소였을까요?

　광기 말기 판정을 받던 날, 내 손톱은 새의 발톱 같지도 않
았고 나는 하늘의 이슬을 맞으며 유리하는 자도 아니었어요.
단지 나는 시간의 흐름에 따라 사건을 기억하지 못할 뿐이었
어요. 이제 나는 정상인과 광인의 경계를 훌쩍 뛰어넘어 완
벽한 광인의 경지에 이르렀고 이것을 '광기 말기'라고 한다
고 의사는 말했어요. 광기 말기 판정을 받던 날, 나는 어머니
와 두 언니와 함께 있었어요.

　"광기 말기의 종말은 무엇인가요."

　큰언니가 말했어요.

　"짐승이 되는 거죠."

　의사의 대답이 있은 뒤 잠시 침묵이 흘렀어요.

　"짐승은 사람이 되지 못하는데 어떻게 사람이 짐승이 되나
요."

나는 내가 짐승이 될지도 모른다는 말에 온몸이 떨렸어요.[3] 그러자 내 담당 의사는 조심스럽게 말했어요.

"인간이 불운한 이유는 인간 이외의 다른 것이 될 여지를 가지고 있기 때문이지요."[4]

"그렇다면 저는 곧 짐승이 되나요?"

내가 두려움을 억누르며 물었을 때 의사는 내게 이야기의 앞뒤를 살펴보라며 그 말은 그런 의미가 아니라고 말했어요. 그러나 한 가지 사건을 기억하려고 그 사건이 일어나기 전과 후를 생각하는 것이 내겐 더 어려웠어요.

고등학교를 자퇴하고 집에만 있는 나는 더 이상 친구를 사귀어야 한다는 압박감은 없었어요. 하지만 때때로 사람들을 만나야 할 때를 대비해서 작은언니는 내게 대화하는 법을 가르쳐 주었어요. 나의 이야기를 듣는 상대방이 시간을 확인하거나 반복해서 두 번 이상 한숨을 쉬면 바로 그 순간, 하던 이야기를 멈추라고요. 작은언니는 사람들과 대화하는 모든 방

---

3) 환자는 기억하지 못하지만, 이 대목에서 환자는 경미한 발작을 일으켰고 극소량의 신경 안정제가 투여되었습니다.

4) 이것은 1912년 9월 27일 국적 불명의 루시 라 박 박사가 발표한 〈인간의 불운〉이라는 이론에 근거한 발언이었습니다. 루시 라 박은 그것을 자신의 아내에게 구두로 전했고 그것은 그렇게 아직도 구두로만 전해지는 이론입니다.

법들을 내게 알려 주었어요. 어떤 날은 내게 대화하는 상대의 눈을 바라보라고 말했고 어떤 날은 내게 눈을 너무 오래보지 말라고 말했어요. 나는 사람들의 눈이 아니라 홍채 가운데 있는 동공을 보는 것이라고 말했어요.

"언니, 나는 사람들의 눈을 보는 게 아니라 사람들이 빛의 밝기에 따라 동공을 풀었다, 조였다 하는 것에 관심이 있는 거야."

"연희야, 대화할 때는 대화 내용에만 집중해. 그리고 상대방의 옷에 있는 장식이나 상표를 집중해서 보는 것도 하지 마."

작은언니는 자신의 남자 친구가 집에 왔던 날 내가 한 행동은 예의에 어긋난다고 말했어요. 나는 작은언니의 남자 친구 아랫입술에 난 점을 계속 바라봤거든요. 그 점은 작은 반죽을 붙인 것처럼 약간 도드라져 있어서 말을 할 때마다 점의 움직임을 관찰하는 것이 재미있었어요. 나는 잠깐 보아야 할 것과 계속해서 보아도 되는 것을 구분하지 못하기 때문에, 조금 말해야 할 것과 더 말해도 되는 것을 구분하지 못하기 때문에 광인으로 판정받은 건지도 몰라요.[5]

---

5) 이것은 순전히 환자 본인의 생각입니다. 저는 여러 가지 논리적인 근거에 의해 환자의 상태를 진단했습니다.

사실 나는 내가 언제부터 광인이었고 언제부터 다른 사람들과 달랐는지 정확히 기억나지 않아요. 정확히 말하자면 의사가 내게 광인이라고 말한 날부터 나는 내가 광인이라고 믿었어요. 나는 모든 것을 현재가 지난 후에 더 또렷하게 기억했어요. 그리고 언제나 기억을 되살려 내서 중얼거렸지요. 내 담당 의사는 정상인과 나의 가장 큰 차이가 기억 방식[6]이라고 했어요. 정상인들은 사건을 뇌에 저장할 때 동영상으로 저장하는데, 나는 사진으로 담아 둔다는 거예요.

의사가 말했어요.

"이연희 양, 물론 당신처럼 장면의 조합으로 세계를 뇌 속에 저장하는 사람들도 있을 거예요. 하지만 그들은 시간의 흐름 속에서 한 장면을 천천히 기억하거나 정지시켜 기억하는 거예요. 당신처럼 순서가 뒤바뀐 선명한 사진들로 이루어진 기억은 위험하죠."

그때 갑자기 그게 왜 위험한 거냐고 어머니가 물었어요.

"지난번 이연희 양의 언니들이 다투다가 일어난 따귀 사건을 예로 들어 봅시다. 이연희 양은 그 장면을 매우 정확히 기억

---

6) 보지 않아도 되는 것을 보고, 기억하지 않아도 되는 것을 세밀하게 기억하는 이연희의 증세를 말합니다.

했지만 누가 먼저 따귀를 때렸는지는 기억하지 못했잖아요.”

큰언니가 의사의 말을 끊었어요.

“연희도 시간의 흐름에 따라 기억을 이야기하기도 해요.”

하지만 의사는 그 말을 듣지 않고 계속 말했어요.

“이연희 양이 사진을 찍는 순간이 삼 초라면 그 사진을 바라보는 시간은 일 초일 수도, 한 시간이나 하루일 수도, 혹은 평생일 수도 있어요. 그러니까 이연희 양, 당신이 찍은 사진들, 즉 당신의 뇌 속에 저장한 기억들을 함부로 꺼내지 마세요. 기억을 되새기지 말라는 얘기예요. 당신은 아무 일도 없었던 하루를 다시 관찰하느라 지난 한 달간 깨어나지 않았어요. 이제 광기 말기가 되었기 때문입니다. 만약 수술을 받지 않고 그대로 둔다면 이연희 양은 한 달이 아니라 일 년, 혹은 평생을 초록색 스웨터에 관해서만 중얼거릴지도 모릅니다. 이연희 양, 당신은 당신이 초록색 스웨터에 대해서만 이야기했던 지난 삼 일[7]을 기억하나요?”

“네, 저는 기억해요. 제가 무슨 말을 했는지도 기억해요. 저는 다른 모든 것은 잊어도 초록색 스웨터에 관한 생각은 잊

---

7) 환자 이연희의 가족들은 삼 일 내내 초록색 스웨터에 관한 이야기를 들으며 고통스러워했습니다.

지 않을 거예요. 초록색 스웨터가 서랍 뒤에서 발견된 순간을 이야기하다가 국을 쏟은 것도 기억나요. 그것 때문에 침대 시트를 다시 갈아야 했거든요. 나는 침대 시트를 가는 동안에도 계속 그 이야기를 멈추지 않았어요. 그런데 왜 초록색 스웨터 얘기를 하면 안 되나요?"

내 담당 의사는 한숨을 쉬었어요. 그리고 고양이 수염보다 얇은 털이 있던 그 자리를 손으로 어루만지며 다시 말을 시작했어요.

"당신은 모든 것을 사진 찍듯 정확히 기억할 수 있지만 불행히도 그 모든 기억을 체계적으로 배열하지 못해요. 그건 인정하죠? 이를테면 당신이 동물원에 갔다고 칩시다. 당신은 표를 사고 동물원에 들어가서 제일 먼저 홍학을 보았어요. 그다음 기린을 보고 콜라를 사 마시고 돌고래 쇼를 보려고 표지판을 따라 걸었어요."

의사가 거기까지 말했을 때 내가 홍학에 관한 이야기를 한 시간 동안[8] 했어요. 어머니와 작은언니가 내 말을 막으려고 했지만 의사는 그대로 두는 것이 좋을 거라고 했어요. 안 그러

---

8) 정확히 한 시간 오십 분이었습니다. 환자는 기억의 순서를 섞는 것과 더불어 시간의 일정 부분들을 생략한 채 서사를 진행하는 증상을 보입니다.

면 발작 증세가 또 일어날 거라면서요. 나는 작은 소리로 홍학에 대한 이야기를 계속했어요. 그러자 의사는 김 간호사에게 나를 맡긴 뒤 어머니와 언니들과 점심을 먹으러 나갔어요.[9]

김 간호사는 진료실로 들어와서 의사의 책상을 정리했어요. 나는 바른 자세로 앉아 홍학에 대한 이야기를 계속했어요. 그러나 김 간호사 때문에 홍학에 관한 이야기에 집중하기 어려웠어요. 김 간호사의 하얀 바지 허벅지 부분이 심하게 구겨져 있어서 나는 이따금 홍학에 대한 이야기를 멈추고 그 바지의 주름 수를 셌어요.

의사는 내가 홍학의 깃털과 음료 자판기 앞에서 만난 노인의 손에 피어 있던 검버섯은 완벽하게 기억하고 있지만 콜라를 먼저 마셨는지 홍학을 먼저 봤는지 표를 먼저 샀는지 등은 제대로 기억하지 못하는 이유를 설명했어요.

"이연희 양, 당신은 순간을 기억하는 데 모든 힘을 쏟은 나머지 그것들을 연결할 고리는 생성하지 못하는 겁니다. 길을 따라가는 과정까지 기억한다면 머리가 터져 버릴 테니까요."

---

9) 환자 이연희는 강박적 태도로 특정 사물에 대해 묘사하기 시작하면 짧아도 한 시간이 소요됩니다. 그 사실을 아는 저와 이연희의 보호자들은 그 시간에 점심을 먹는 것에 모두 동의했습니다.

그때 양 간호사가 커피가 든 종이컵을 가져와서 의사의 책상 위에 두고 나갔어요. 의사는 양 간호사가 나가고 나서 중얼거렸어요. 커피를 종이컵에 가져오지 말라는 말을 매일 해 왔는데 양 간호사는 중증 똘아이라고요. 그때 나는 의사가 머그잔에 커피를 요구한 순간들이 기억났고 양 간호사가 종이컵에 커피를 가지고 온 순간들도 생각났어요.

의사는 나와 가족들에게 광인 수술 동의서를 주었어요. 그리고 내게는 광인 수술 후기 작성 동의서도 주었어요. 나는 만년필로 사인하고 싶다고 말했어요. 그러자 의사는 책상 위 연필꽂이에 장식품처럼 꽂혀 있던 몽블랑 만년필을 주었어요. 나는 몽블랑 만년필보다 워터맨 만년필이나 파커 만년필을 쓰고 싶다고 말했지만 의사는 말을 멈추라는 표시로[10] 손을 저었어요. 그래서 나는 그냥 몽블랑 만년필로 사인을 하기로 했어요. 사인을 하려다가 몽블랑 만년필의 뚜껑에 그려진 하얀 꽃무늬를 봤어요. 나는 몽블랑 만년필의 뚜껑 끝에 그려진 하얀색 꽃 얘기를 시작했어요. 의사는 그 이야기를 지금이 아니라 다른 날 하는 것은 어떤지 내게 물었어요. 의사는 내가 중요한 순간에 발작을 일으킬까 걱정이라고 했어요.

---

[10] 그것은 말을 멈추라는 표시가 아니라 잠시 기다리라는 표시였습니다.

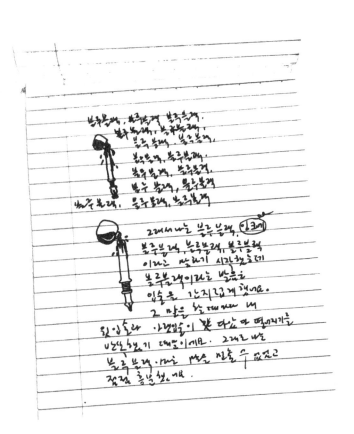

〈자료 1〉 환자 이연희의 노트 중에서

나는 몽블랑 만년필의 배 속에 들어 있는 잉크 색이 궁금했어요. 그래서 나는 수술 후기 작성 동의서에 동그라미를 그려 보았어요. 몽블랑 만년필 속 잉크는 슈퍼블랙 색상이었어요. 나는 혹시 블루블랙 잉크는 없는지 물었고 블루블랙 잉크를 써야 하는 이유를 설명하기 시작했어요. 그때 큰언니는 광인 수술의 안전성에 대해 질문했어요. 나는 만년필에는 반드시 블루블랙 잉크가 필요하다고 말했어요. 그러나 모두 나에겐 잠시만 조용히 하라는 말을 할 뿐 블루블랙 잉크에 관해선 답해 주지 않았어요. 그래서 나는 블루블랙, 블루블랙, 블루블랙, 블루블랙이라고 말하기 시작했는데 블루블랙이라는 발음은 입술을 간지럽게 했어요. 그 말을 할 때마다 내 윗입술과 아랫입술이 닿았다 떨어지기를 반복했기 때문이에요. 그래도 나는 블루블랙이라는 말을 멈출 수 없었고 점점 흥분했어요. 작은언니는 어머니에게 수술 동의서에 사인을 하라고 말했어요. 큰언니도 더는 다른 방법이 없는 것 같다고 말했어요. 나는 입술이 간지러워 견딜 수 없었어요.

회복실에서 깨어났을 때[11] 김 간호사와 양 간호사의 목소리가 들렸어요. 나는 발작을 하고 나면 대부분 그 회복실에서 깨었고 침대에 누워서 천장을 관찰했어요. 천장의 패널은 애벌레 무늬가 반복적으로 찍혀 있었어요. 내가 그것을 보지 않으려고 눈을 감고 마음속으로 숫자 세기를 시작했을 때 김 간호사와 양 간호사는 내가 하는 헛소리들이 재미있을 때도 있다고 말했어요. 그러고는 웃었어요. 그 소리는 뻑뻑한 알루미늄 창문을 열 때 창문이 창틀을 긁으며 내는 소리처럼 차갑고 뾰족했어요. 순간 애벌레들이 내 몸 위로 후두두 쏟아질 것 같아 나는 침대 밑으로 숨었어요. 그리고 그 침대 밑에서 나는 내 인생을 스스로 결정하기로 했어요.

나의 명료하고 진실한 사고가[12] 간호사들에겐, 이상한 소리를 내며 웃을 일이었던 거예요. 간호사들은 내가 이 위험하고 낯선 수술을 할 용기가 없을 것이라고 속삭였어요. 그 순간 나는 다른 어떤 병원에서도 시행된 적 없는 실험적인 광인 수술에 내 인생을 던지기로 한 거죠.

작은언니는 반드시 이 보고서의 서두에 정신과 전문의 김광호에 대한 신뢰로 이 수술을 결정했다는 말을 넣으라고 했지만 나는 그 말은 쓰지 않기로 했어요. 그건 내 생각이 아니

---

11) 환자 이연희는 발작을 일으키면 남자 간호사 서너 명으로도 제어할 수 없는 상태가 됩니다. 발작 후 환자 이연희는 잠시 기절 상태를 유지했습니다. 이연희는 발작 중에 일어난 일은 언제나 기억하지 못합니다. 고의성은 없는 게 분명합니다.

12) 현실을 살아가는 보편적인 사람들에게 이연희의 사고는 정신 분열 증세로밖에 보이지 않을 것입니다.

거든요. 그러나 의사가 광인 수술 보고서의 기본 틀이라며 소제목들을 메모해 준 것은 좋아요. 그게 있어서 나는 이 글을 쉽게 시작할 수 있었거든요. 만약 내가 다니던 학교에서 내가 어떻게 학교생활을 해야 할지 조금 더 구체적인 틀을 알려 주었다면 나는 지금까지 고등학교를 그런대로 다니고 있었을지도 몰라요.

수술을 결정한 뒤 나는 희망에 들뜨지 않았어요. 만약 수술이 잘못되어 스스로를 독수리나 사자라고 생각하게 될까 두려웠거든요. 의사는 이 수술이 나를 그런 상태로 만들어 놓을 수도 있다고 했고 작은언니와 어머니는 두려워했어요. 의사는 모든 수술엔 부작용이 있다고 말했고 작은언니는 심지어 소화제에도 부작용이 있다고 맞장구를 쳤어요.[13] 그러자 의사는 커피 이야기를 했어요. 자신은 커피를 늦은 밤에 마셔도 언제나 숙면을 취하지만 카페인에 민감한 사람들은 점심 후 마신 커피 때문에 밤새 뒤척이기도 한다고요.

---

13) 환자 이연희는 돼지고기 알레르기가 있습니다. 공황 장애가 심하던 한때 이연희가 습관적으로 복용하던 소화제의 주성분은 돼지의 췌장에서 추출한 판크레아틴이었고 이연희는 피부 발진 증상으로 고통을 겪었습니다. 판크레아틴의 구조식은 따로 기록하지 않겠습니다.

나는 의사가 식후에는 반드시 머그잔[14])에 담긴 커피를 마시고 싶어 하는 것이 마음에 들었어요. 나는 누군가 무엇을 반복하는 것을 보면 편안해지거든요. 나는 사람을 좋아하지 않아요. 특히 중학생들이나 고등학생들을요. 그런 아이들은 언제 무슨 말을 할지, 어떤 행동을 할지 정해져 있지 않아요. 어떤 날은 내게 인사를 걸고 어떤 날은 생전 처음 보는 사이인 양 본 체도 하지 않아요. 나는 사람들이 시계처럼 한결같으면 좋겠어요. 시계는 건전지가 다 되어서 멈추는 일을 제외하곤 이상한 행동을 하지 않잖아요. 기다리라고 한 뒤 오지 않거나 혼자 남겨 두고 멀리 가 버리지도 않아요.

---

14) 환자 이연희가 생각한 것처럼 강박증이나 특별한 애착 때문에 머그잔을 찾은 것은 아닙니다. 종이컵에서 환경 호르몬이 다량 검출된 사건이 있은 뒤부터 절대 종이컵은 피하고 있습니다.

세린이

세린이는 내 유일한 친구였어요. 우린 초등학교 때부터 친구였고 중학교에 다니던 시절에도 친구였으니까요. 하지만 세린이는 고등학교에 올라간 뒤 다른 아이들과 같은 아이가 되어 버렸어요. 세린이는 내게 가방을 들게 하거나, 돈을 빌려 가서 갚지 않거나 점점 더 힘든 일들을 시켰어요. 그렇지만 내가 세린이를 미워하게 된 건 그런 일들 때문이 아니에요. 내가 세린이를 미워하게 된 건 세린이가 나를 맥도날드에서 만나기로 한 뒤 오지 않아서예요. 세린이는 맥도날드에서 생일 파티를 한다고 말했고 나는 세린이를 위해 준비한 선물을 가지고 맥도날드에서 기다렸어요. 세린이는 계속 내게 문자를 보냈어요. 아무 곳에도 가지 말고 조금 더 기다려라, 배고프면 먼저 시켜 먹어라 같은 문자를요. 프렌치프라이를 찍어 먹는 케첩은 무료이니 마음껏 먹으라고도 했어요. 나는 더블치즈버거 세트를 먹은 뒤 한동안 기다렸고, 콜라를 리필 받고 싶었지만 우리 동네 맥도날드에서는 리필을 해 주지 않는다고 해서 다시 음료를 두 번이나 시켜 먹었어요. 그리고 다시 배가 고파진 나는 또 더블치즈버거를 먹어야 했어요. 나는 돈이 다 떨어질 때까지 사과 파이나 아이스크림 같은 것들을 먹으며 시간을 보냈어요. 구토가 날 지경이었어요. 게다가 내 자리는 쓰레기통 옆자리였거든요. 우리 동네 맥도날드는 이십사 시간 열어요. 만약 작은언니가 나를 찾으러 오지 않았다면 나는 그곳에 이십사 시간 있었을지도 몰라요. 어쩌면 사십팔 시간, 어쩌면 칠십이 시간이었을 테죠. 돈만 있다면 그곳에서 종일 음식을 시켜 먹으며 세린이를 기다리는 것도 나쁘지 않을 것 같았어요. 나는 사람들이 분리수거를 꼼꼼히 하지 않는 것을 지켜보며 몇 번 화가 났지만 잘 견디고 있었어요.

그래도 세린이를 미워하진 않았어요. 세린이가 피자헛에서 다른 아이들과 생일 파티를 했다는 것을 그날 작은언니에게 듣기 전까지는요.

'연희야, 내가 갈 때까지 꼼짝하지 말고 거기서 기다려.'

세린이의 마지막 문자를 읽은 언니는 내 손을 아주 세게 잡았어요. 언니가 온몸을 부르르 떨고 있다는 걸 느낄 수 있었지요. 작은언니는 세린이가 자신의 생일 파티에 내가 오지 못하게 하려고 맥도날드에 나를 가둬 둔 거라고 말했어요.

"맥도날드에 어떻게 나를 가둬? 언제든지 마음대로 오갈 수 있는 곳인데."

내가 말하자 언니는 한숨을 길게 쉬었어요. 그리고 내 손을 잡고 아주 빨리 집으로 걸어갔어요.

나는 내 담당 의사 손에 수술을 맡기기로 한 뒤 수술 날짜를 기다리며 생각했어요. 만약 내가 남들이 보기에 이보다 더한 광인이 되거나, 남들이 보기에 이보다 덜한 광인이 된다고 해도 내가 나를 생각해 온 방식에 변화가 없다면 괜찮다고요. 나는 어차피 타인과는 무관하게 살아왔고 앞으로도 그럴 것이니 스스로를 향한 시선만 변하지 않는다면 무엇이 어찌 되어도 상관없었어요.

하지만 나를 다른 시각으로 바라볼 기회가 오는 것도 나쁘지 않겠다 싶었어요. 인생이 덜 지루하면 좋겠거든요. 수술은 지루하지 않을 게 분명하잖아요. 내게 한 번도 일어나지 않은 일이 지루할 리 없으니까요. 나의 학교생활은 지루했어요. 언제나 나는 아침에 학교에 가장 먼저 도착했고 우리 반 아이들은 대부분 나를 모르는 척했고 아주 가끔 내게서 뭔가를 뺏거나 심부름을 시키기 위해서만 친한 친구인 척 굴었어요.

양 간호사의 말대로 나 같은 광인의 동의 사인은 그저 형식에 불과하다는 걸 나도 알아요. 내 삶의 결정권이 내 보호자들에게 있다는 것도요. 그럼에도 의사는 내게 일종의 절차를 갖춰 준 것이죠. 분명하지는 않지만 그것은 내가 지루할

까 봐 의사가 준비한 순서 같았어요.[15]

어머니는 의사에게 질문했어요. 내가 얼마나 살 수 있느냐
고요. 그러자 의사는 아마 앞으로 수년 정도일 거라고, 짧으
면 바로 오늘이나 내일 인간으로서의 삶을 마감할 수도 있다
고 말했어요. 그러자 큰언니는 그것은 나뿐 아닌 이곳에 있
는 모두에게 해당하는 게 아니냐고 말했어요.

나는 의사의 머그잔에 인쇄된 '오페라의 유령'이라는 글자
를 기억해요. 글씨체가 좀 더 고부라지지 않은 것 때문에 나
는 그 잔을 볼 때마다 손가락으로 내 허벅지에 글씨체를 변
형해 써 보곤 했어요. 그날의 일들, 진료실의 블라인드, 신께
용서를 구하는 성경 말씀, 의사의 이마를 간지럽힐 것 같은
곱슬머리[16] 등에 관해 나는 계속 쓰고 싶어져요. 그 곱슬머
리 때문에 머그잔에 인쇄된 글씨체가 더 고부라져야 한다고
생각했던 순간에 대해서도 더 쓰고 싶어요.

가족들은 나 때문에 모두 만년필로 사인해야 했어요. 어머

---

15) 이것은 수술 전에 이루어지는 당연한 절차이며 본인 김광호는 모든 규정을 철저
히 준수합니다.
16) 본래 제 머리카락은 직모이며 파마를 해서 고부라지게 하였습니다. 모발 손상이
심하다지만 더 강력한 컬이 나온다는 이유로 열 기구를 이용한 파마를 했습니다.

니가 잠시 망설이고 있을 때 작은언니가 어머니를 재촉하려고 팔뚝을 쳤어요. 그때 광인 수술 동의서에 잉크가 떨어져 핏방울처럼 퍼졌어요. 나는 그것을 보며 의사의 이마를 타고 흘러내린 담쟁이 같은 머리카락과 의사의 머그잔에 인쇄된 글씨를 떠올렸어요. 어머니의 사인도 더 고부라지고 꿈틀거리면 좋겠다고 생각했어요. 결국, 나는 참지 못하고 의사에게 말했어요.

"그 고불거리는 머리카락을 어떻게 좀 해 보세요!"

의사가 무슨 소리냐는 듯 눈썹을 추켜올렸을 때 이마 위의 곱슬머리도 꿈틀거렸어요.

"머리카락 때문에 이마가 간지러워서요."

내가 주저하다가 말하자 의사가 대답했어요.

"제 머리카락 때문에 이연희 양의 이마가 가렵다는 얘기인가요, 허허."

의사는 억지로 조금 소리 내어 웃더니 머리카락들을 손가락으로 쓸어 올렸어요. 그러나 그 고불거리는 머리카락은 스프링처럼 탄력 있게 다시 내려왔어요. 의사의 반질거리는 이마 위로요. 나는 그것이 내 이마 위를 꿈틀거리며 기어 다니는 것을 느꼈어요. 그대로 놔두면 그 머리카락들은 내 이마 속을 파고들 게 분명했어요. 그러곤 내 뇌 속으로 들어가는 거예요. 머리카락이 빠른 속도로 자라면서 나의 말랑거리는 뇌 속으로 파고들까 봐 얼굴 위로 쏟아져 내리는 머리카락들을 손으로 쓸어 올렸어요. 머리카락에 대해 생각하지 않으려고 할수록 머리카락만 생각났어요.

처음 아이들이 나를 놀리기 시작한 건 내가 심한 곱슬머리라는 이유 때문이었어요. 나는 늘 용수철 수세미라는 별명으로 어린 시절을 보내 왔지만 슬퍼한 적은 없었거든요. 하지만 세린이가 친구들 앞에서 푸들이라고 불렀을 때 나는 곱슬머리가 아주 부끄럽고 웃기다는 걸 깨달았어요. 나는 그날 당장 엄마를 졸라 미용실에 갔어요. 미용실에선 내 머리를 순식간에 곧게 펴 주었어요.

한 달 반 즈음 지나자 내 머리카락은 뿌리부터 다시 고불거리며 올라오기 시작했어요. 나는 틈만 나면 미용실에 가서 새로 올라오는 머리카락 뿌리를 곧게 펴는 뿌리 매직 파마를 해야 했어요. 결국 내 머리카락은 끝이 갈라지고 부서지고 끊어지는 머리카락이 되어 버렸지요. 아주 튼튼한 용수철 수세미 머리카락도 매직 파마 앞에서는 당할 수 없었나 봐요. 결국 나는 어느 날 새벽, 머리카락을 잘라 버렸어요. 내가 자를 수 있는 가장 짧은 길이로 싹둑거리며 잘라 댔어요. 처음 앞머리를 자른 그 순간이 생각나요. 나는 분명 내가 머리카락을 잘라 내는 통쾌한 꿈을 꾸고 있는 것이라고 확신했어요. 그래서 기분 좋게 가위질을 할 수 있었어요. 그런 다음 여전히 고불거리고 있는 머리카락 뿌리들을 뽑아 버리고 싶은 충동을 느꼈지만 나는 어느 누구보다 머리카락이 많기 때문에 불가능하다는 걸 알았어요. 나는 아빠의 면도기와 언니들이 겨드랑이털과 다리털을 없앨 때 사용하는 제모기를 번갈아 가며 사용했어요. 내가 생각한 것처럼 곱게 머리카락이 잘렸다면 좋았을 텐데 그렇지 않았죠. 뭔가 잘못되어 가고 있다는 것을 깨달았을 때 나는 그것이 꿈이 아니라는 것을 알았어요. 너무 늦게 안 거예요. 그 후 나는 가발을 쓰고 학교에 다녀야 했는데 그 기억은, 무엇이든 이야기하고 싶어 하는 나도 이야기하고 싶지 않은 나쁜 기억이에요. 나는 이 세상 모든 곱슬머리들의 고통을 하루 동안 경험해야 했어요. 단지 심한 곱슬머리이고 실수로 머리카락을 짧게 잘랐다는 이유로 같은 반 아이들이 나에게 개 짖는 소리를 내게 했다는 건 슬픈 일이에요. 개 짖는 소리를 너무 똑같이 낸 걸 나는 아직도 크게 후회하고 있어요. 나는 털이 깎인 푸들이었어요. 꼬리만 있으면 완벽했겠지요. 세린이는 아이들 틈에서 웃어 댔어요. 자기도 매직 파마를 하지 않으면 곱슬머리이면서 말이죠.

나는 수술을 위해 전날 저녁 금식했어요. 수술 전날 밤 식구들이 둘러앉아 내 금식에 관해 이야기했어요. 내가 자다가 일어나서 냉장고를 열고 습관처럼 레몬 워터를 벌컥거리며 마실 거라는 이야기, 지난달 아버지가 외국에서 사 온 아몬드 초콜릿과 마카다미아 초콜릿에 관한 이야기도요. 잊고 있던 마카다미아 초콜릿이 생각났어요.

식구들이 하나둘 방으로 돌아가고 나도 큰언니와 함께 우리 방으로 왔어요. 나와 큰언니는 방을 함께 쓰거든요. 큰언니는 잠시 책을 읽는 듯하더니 스탠드를 껐고 방이 캄캄해졌고 언니의 숨소리가 깊어졌어요. 나는 언니의 숨소리를 듣다가 마카다미아 초콜릿을 먹으면 안 된다는 말을 되풀이했어요. 나는 다른 사람들처럼 빨리 잠드는 법을 배우지 못했어요. 항상 잠이 잘 오지 않아요. 나는 항상 큰언니가 잠으로 빠져들 때의 숨소리를 들어요. 그리고 모두 잠들어 있는 너무 깊은 밤에 깨어나요. 밤에 깨어나면 항상 주방으로 가서 냉장고를 열어요. 내 생각에 나는 빈혈이 있어요. 게다가 가족 중 혼자 O형이므로 조혈 작용에 좋을 것 같은 붉은 음식을 찾아 먹기 위해 항상 노력해요. 혈액형이 O형인 사람은 언제나 다른 혈액형에게 피를 나눠 줘야 하는 위기에 처해 있는 거잖아요. 물론 아무도 내 피를 수혈받고 싶어 하지는 않을 것 같아요. 내 피를 수혈받으면 지독한 곱슬머리가 되거나 광인이 될지도 모르니까요. 그렇게 된다면 결국 친구들 앞에서 개 짖는 소리를 내야 할 테니까요.

　나는 빈혈에 좋을 것 같은 포도즙을 매일 먹고 있어요. 냉장고 아래 칸 채소 서랍엔 언제나 포도즙 봉지가 가득 채워져 있어요. 포도즙이 들어 있는 비닐 팩의 모서리를 아주 조금 가위로 잘라 내는 일은 재미있어요. 그 구멍은 빨대가 정확히 들어맞는 크기여야 해요. 구멍이 너무 작으면 빨대가 들어가지 않고 구멍이 너무 크면 포도즙을 쏟기 쉬워요. 빨대를 너무 깊이 꽂으면 까끌까끌한 덩어리들이 빨대를 통과하지 못하고 구멍을 막으니 조심해야 해요.

　나는 수술 전날 밤에도 깨어났어요. 냉장고에서 포도즙을 꺼내고 빨대를 꽂았어요. 나는 천천히 포도즙을 수혈받았어요. 포도즙은 혈관을 타고 온몸을 운행했어요. 차가운 포도즙은 내 심장에 닿고 나서야 내 체온만큼 따뜻해졌어요.

단절된 공간과 관념적 제사 의식[17]

나는 수술실로 들어갔어요. 내가 누운 책상[18]은 하얗고 동그랗고 차가웠어요. 나는 청바지와 초록색 스웨터와 황토색 더플코트를 입고 있었어요. 나는 왜 수술 침대가 아닌 책상 위에서 수술을 받는지 의사에게 묻고 싶었지만 참았어요. 의사는 한때 초등학생이었고, 중학생이었고, 고등학생이었던 내게 수술 침대보다 책상이 익숙하리라고 생각한 걸까요? 하지만 책상 위에 눕자 나무 도마 위에 누운 도미 한 마리가 된 기분이었어요. 쉬는 시간마다 나는 차갑고 날카로운 칼로 지느러미가 잘려 나가는 고통을 겪어야 했으니까요. 우리 반 아이들은 쉬는 시간이 되면 나를 골리는 것이 아주 즐거운 놀이인 것처럼 열중했어요. 만약 내가 결석이라도 했다가 학교에 가는 날은 내가 없어 심심했던 전날을 보상받기라도 하려는 듯 더 심하게 괴롭혔어요. 나를 책상 위에 눕게 한 뒤 아

---

17) 이 소제목은 편의상 본인이 넣었음을 알려 드립니다.
18) 환자 이연희를 수술대가 아닌 책상 위에서 수술하기로 한 것은, 광인 수술은 수술을 위한 환경과 절차까지 모두 독창적이어야 했기 때문입니다. 본인 김광호는 각 환자에게 가장 적확한 수술 환경을 준비할 것입니다.

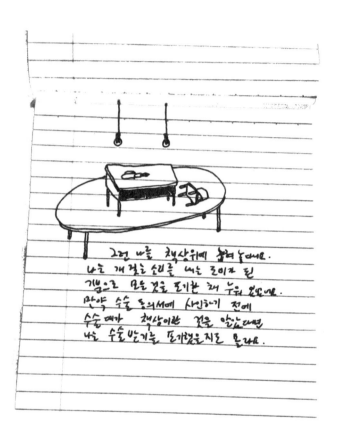

그런 비를 책상위에 올려 놓때요.
나는 개 짓는 소리를 내는 로이지 된
갱으로 모든 것을 포기한 채 누워 있도요.
만약 수술 동의서에 사인하기 전에
수술 때가 책상이란 것을 알았다면
나는 수술 받기를 포기했을지로 몰라요.

〈자료 2〉 환자 이연희의 노트 중에서

이들은 한꺼번에 달려들어 간지럼을 태웠어요. 내가 진짜 개와 똑같은 소리로 짖어 댈 때까지요. 하지만 나는 간지러워서 개 짖는 소리를 제대로 내지 못했죠. 그런 나를 책상 위에 눕혀 놓다니요. 나는 개 짖는 소리를 내는 도미가 된 기분으로 모든 것을 포기한 채 누워 있었어요. 만약 수술 동의서에 사인하기 전에 수술대가 책상이란 것을 알았다면 나는 수술 받기를 포기했을지도 몰라요.

수술실에 들어가기 전에 일어난 일을 쓴 부분은 통째로 삭제했어요. 의사의 말처럼 내 기억의 대부분은 그냥 잊히게 놔두는 것이 좋을 거라 생각되어서예요.

수술실에 들어가기 전에 일어난 일 중 가장 기억에 남는 것은 내 눈에 한 장치예요. 그들은 내 눈꺼풀이 닫히지 않도록 이상한 장치를 했어요. 내가 수술 후기를 쓰려면 잠들거나 눈을 감아선 안 되기 때문이었어요. 그러나 나는 그것 때문에 오히려 잘 보이지 않았어요. 그거 아세요? 눈꺼풀을 너무 오래 열어 놓으면 오히려 사물이 잘 안 보여요. 하지만 그 눈꺼풀 장치는 일정 간격으로 눈꺼풀을 강제로 닫았다 열기를 반복했어요. 눈의 피로감이나 뻑뻑함을 전혀 느끼지 못하게 하려는 속셈이었나 봐요. 김 간호사가 교활한 목소리로 말했어요. 움직이지 말라고요. 김 간호사는 차가운 무엇인가로 내 목과 팔목을 감았어요. 그것은 이따금 지렁이처럼 꿈틀거렸어요. 나는 그것이 무엇인지 묻고 싶었지만 그때 수술과 관련된 세 명의 의사가 모두 들어오는 바람에 그 질문을 잊었어요.

"이연희 양, 당신의 수술을 집도할 의사는 세 명이고 간호사는 둘입니다. 그러니 많은 사람이 오가는 것 같아도 불안해하지 마세요."

내 담당 의사의 목소리였어요. 나는 고개를 움직일 수 없고 그저 눈동자를 굴려서 보이는 범위까지만 볼 수 있었어요.

의사는 수술실에서의 모든 일들은 조금 이상하게 느껴질 만한 것들이겠지만 걱정하지 말라고 했어요. 무슨 일이 일어나도 내가 죽지 않을 거라는 말도 덧붙였어요. 그러나 나는 죽음보다는, 예측할 수 없는 낯선 것들이 두려웠어요.

그때 내가 개 짖는 소리를 내자, 의사는 수술실에서 일어나는 모든 일들이 나를 위한 것[19]이라고 했어요. 그러나 수술

---

19) 환자 이연희는 태어나서 처음으로 뇌 수술을 해 보는 제게, 본인 역시 태어나서 처음으로 뇌 수술을 받는다는 것을 두려워했습니다. 환자 이연희를 안심시킬 말을 찾다가 모호하게 표현한 것은 제 불찰로 여겨집니다.

중 일어나는 환각에 대해선 아무것도 장담할 수 없다고 했어
요.[20] 나는 환각이라는 단어가 갑자기 매우 차갑게 느껴졌어
요. 수술실은 서늘했고 내가 누워 있는 하얗고 동그란 책상
도 차가웠어요. 내 초록색 스웨터나 순모 더플코트를 뺀 모
든 것이 내 체온보다 낮은 온도였을 거예요.

갑자기 세 명의 의사들이 내 더플코트의 단추를 풀었어요.
그리고 나에 관한 점수를 매기기 시작했어요. 나는 아무 말
도 할 수 없었어요. 의사들이 점수를 매기는 동안 김 간호사
와 양 간호사는 치아 교정기와 비슷한 도구로 내 윗니와 아
랫니가 맞붙게 고정했어요.[21]

그들은 내 치아가 고르지만 충치가 두 개 있는 것 때문에
감점이라고 말했어요. 그리고 내 더플코트가 순모인 점은 가
산 요인이나 더플코트의 단추가 동물의 뼈인 것은 감점 요인
이라고 말했어요. 내 황토색 더플코트 소맷단의 해진 부분들

---

20) 광인의 뇌 수술을 오랜 시간 연구해 온 본인은 첫 수술 대상인 이연희에게 보다
실험적인 수술 기법을 사용했습니다. 그가 수술 상황을 볼 수 있되 고통은 느끼지 않
도록 특수 국소 마취를 했고 가능한 범위 내에서 실험적인 요소들을 사용했습니다.
21) 환자 이연희의 경우 의미 없는 문장의 반복과 강박적 세부 묘사를 쉬지 않고 내
뱉다가 혼절하는 증세가 있습니다. 환자에게나 수술을 집도하는 의사나 의료진에게
나 이연희가 말을 못 하도록 조치한 것은 어쩔 수 없는 선택이었습니다.

은 가산 요인이며, 주머니 안에 들어 있는 과자 부스러기도 가산 요인이라고 말했어요. 그 부스러기는 왕소라 과자였어요. 튀긴 과자 위에 발린 끈끈한 설탕 시럽에 주머니 속 먼지들이 달라붙어 있었죠. 코트 안감에 달린 여분의 단추가 두 개인 것은 감점 요인, 두 개의 단추 중 한 개의 작은 단추가 깨져 있는 것은 가산 요인, 내 더플코트에 모자가 달린 것은 가산 요인이라고 그들은 말했어요. 나는 내 더플코트가 그렇게 의사들의 흥미를 끌게 되리란 생각은 해 본 적이 없었어요.[22] 나는 의사들이 내 더플코트에 관한 얘기로 좀 더 논쟁해 주길 바랐어요. 그러나 그들은 금세 다른 이야기로 넘어갔어요. 왜냐하면, 세 명 중의 한 명, 그러니까 코를 가끔 킁킁거리고 붕어처럼 눈이 크고 튀어나온 의사[23]가 갑자기 세 명의 인턴을

---

22) 우리 역시, 더플코트를 분해하며 큰 즐거움을 누렸습니다. 예기치 않은 즐거움이었지요. 순간 저는 뇌를 수술하기에 앞서 표면적이고 부수적인 사항들을 향해 산발적인 접근을 시도한 것이 만족스러웠습니다.

23) 박태민 의사는 평소 알레르기가 심합니다. 특히 스웨터나 모직 코트에 기생하는 진드기에 알레르기 반응이 심하지요. 그는 알레르기로 인해 눈동자, 특히 흰자위가 심하게 부풀어 오르고 코를 킁킁거리고 이따금 재채기를 하곤 합니다. 이날 알레르기는 수술 시에 착용하는 마스크의 청결 상태나 이연희가 집착적으로 거론하는 그 초록색 스웨터의 영향으로 추정됩니다.

불렀기 때문이에요. 실망스럽게도 그 의사는 그들에게 내 콧
구멍의 크기와 모양을 기억해 두라고 했어요. 그들은 내 눈에
보이지 않는 어떤 도구로 내 콧구멍을 벌려 보았어요. 누군가
내 콧구멍은 이제껏 한 번도 본 적이 없는 매우 형이상학적
콧구멍이라는 말을 했고 그 옆에 서 있던 누군가 영화배우 이
렌느 야곱[24]의 콧구멍도 이런 식이 아니겠느냐고 말했어
요.[25] 나는 누군가 내 머리카락의 고부라진 형태에 대해 말해
주길 기다렸지만 그런 일은 일어나지 않았어요. 내 콧구멍 때
문에 뇌 수술을 할 때 조심하지 않으면 내 숨통이 막힐 것이
라고 붕어를 닮은 의사가 말했어요. 무서운 말이었어요. 내 콧
구멍이 나 자신에게 위협적인 요소가 될 수 있다는 건 그때
처음 알았거든요. 그 말을 듣는 순간, 나를 죽일지도 모르는
것이 내 얼굴에 항상 존재했다고 생각하니 온몸에 소름이 돋

---

24) 1966년 프랑스에서 출생한 이렌느 야곱은 키에슬로프스키 감독의 영화 〈베로
니카의 이중 생활〉에 출연하여 칸 영화제 여우주연상을 수상했습니다. 그녀의 영화
〈세 가지 색: 레드〉는 1994년 국내에서도 개봉되었지요. 아마 환자 이연희는 이 영
화들을 본 적이 없을 것입니다. 이연희의 큰언니 이연민이 이 배우를 좋아하는 것으
로 추측됩니다.
25) 잠들지 않는 특수 마취제에 대한 환자 이연희의 환각이 일부분 섞여 있습니다.
우리는 누구도 영화에 관한 이야기를 나누지 않았습니다.

았어요. 그들은 콧구멍이 작은 나를 위해 인공호흡기를 해 주
었어요. 나는 다시 생각했어요. 이렌느 야곱의 콧구멍은 작지
않은데 왜 그들이 내 콧구멍을 이렌느 야곱과 비교했을까 하
고요. 나는 이렌느 야곱이 출연했던 영화들을 생각했어요.

　인턴들이 나가고 나서 세 명의 의사들은 내 옷의 솔기들을
살펴보더니 실로 꿰매진 모든 부위들을 조심스럽게 뜯었어
요. 내 코트, 어디서나 흔한 풍경의 일부였던 내 코트는 무려
서른두 장의 본질을 가진 조각이었더군요. 간호사는 번호가
매겨진 상자들을 들고 들어와서 상자 안에 한 조각씩 부위
별로 저장했어요. 의사들은 일반 더플코트와는 달리 내 더플
코트가 더 정교하다고 했어요. 어깨 견장이나 가슴 바람막이
같은 것들, 소매 끝에 달린 장식 띠와 허리 부분에 달린 장식
띠, 주머니 덮개와 주머니, 아랫단 안쪽으로 대어진 가죽 바
이어스 같은 것들. 누군가 그때 가죽 바이어스는 감점 요인
이 아니던가요, 라고 물었고 다시 누군가 그것은 인조 가죽
이니 오히려 가산 요인이라고 할 수 있죠, 라고 말했어요. 세
명의 인턴이었어요. 의사들은 인턴들이 수술실에 다시 들어
와 있는 것을 알고 화를 냈어요. 인턴들은 이런 방식의 수술
이 처음이기에 경험해 보고 싶었다고 말하고 문 밖으로 나갔
어요.

나는 인턴들의 목소리가 들리는 문 쪽을 보려고 눈동자를 굴리다가 커다란 시계를 발견했어요. 사람들이 움직이는 폭이 커서 눈이 아팠지만 제자리에서 바늘만 움직이는 시계를 보는 것은 편안했어요.

내 황토색 더플코트가 상자에 담겨 그 시계가 걸린 쪽문을 향해 옮겨질 때 나는 사막을 횡단하는 낙타를 생각했어요.

더플코트가 분해된 뒤 김 간호사와 양 간호사는 내 양말을 벗기고 따뜻한 수건으로 내 발을 닦았어요. 그리고 다시 알코올이 묻은 솜으로 내 발을 닦아 내며 말했어요. 이 책상은 매우 거룩한 수술대이니 더러운 발을 닦아야 한다고요. 알코올이 묻은 솜 때문에 나는 잠시 한기를 느꼈어요. 그 한기가 온몸으로 퍼져 나가기 전에 나는 고통을 느껴야 했어요. 그들은 내 발의 표피를 발가락부터 무릎까지 벗겨 내는 것이니 걱정하지 말라고 했어요.[26] 걷거나 뛰는 데는 아무 지장이 없다면서요. 나는 걷거나 뛰는 일은 잘 하지 않고 평소에 늘 의자에 앉아 있거나 허공에서 발을 조금씩 흔드는 걸 좋아한다는 말을 하고 싶었지만 그럴 수 없었어요. 나는 의사에게 말하고

---

26) 환자 이연희는 양 간호사가 발의 표피가 벗겨질 지경이라고 말한 것을 통해 발의 허물이 벗겨지는 환각을 체험한 것 같습니다.

싶었어요. 나의 발은 변질되면 안 돼요, 지금 이대로여야만 의자에 앉았을 때 발을 달랑거리고 싶을 테니까요, 라고요. 하지만 내 윗니와 아랫니가 붙어 있는 데다가 인공호흡기까지 끼고 있어서 나는 그 말을 할 수 없었고 다만 발가락을 꼼지락거릴 뿐이었어요.

그들은 동시에 내게 말했어요.

"움직이지 않아야 고통을 최소화할 수 있어요."

그들이 어떻게 그럴 수 있는지 신기했어요. 두 사람이 동시에 긴 문장을 같은 리듬으로 말했거든요. 그래서 그 목소리는 기계음처럼 들렸고 나는 누구와 누구의 목소리인지 생각하는 것이 재미있었어요. 표피를 벗기는 것은 아프지 않을 거예요, 라고 내 담당 의사가 말했어요. 그래도 내가 여전히 발가락을 꼼지락거리자, 그들은 바르는 진통제가 내 발 전체를 뒤덮었다고 말했어요.

그 말을 들은 뒤 얼마 지나지 않아 나는 발을 꼼지락거릴 수 없었어요. 좀 더 정확히 쓴다면, 꼼지락거리는지 안 꼼지락거리는지 모르게 된 거죠. 그들이 내 발 전체에 발랐다는 바르는 진통제 때문 같았어요. 어쨌든 내 의식이 한 단계 더 몽롱해지는 사이 내 발과 종아리의 표피는 아주 얇게 한 꺼풀 벗겨졌어요. 간호사들은 그 표피를, 알 수 없는 액체가 가

득 든 유리병 안에 넣었어요. 그것은 뱀의 허물과도 같았어
요. 그리고 간호사들이 유리병을 들고 문을 향해 나갈 때 그
것은 날개처럼 흐느적거렸어요. 나는 오래도록 신고 있던 때
묻은 신발을 드디어 벗어 버린 것처럼 개운해졌어요.[27]

자, 이번엔 피부 재생 연고입니다, 라고 말하며 그들이 내
발에 약을 발라 줬고 자, 이제 붕대를 감겠어요, 라고 말하고
나서 그들은 내게 붕대를 감아 줬어요. 붕대를 어찌나 오래
감는지 나는 그들이 붕대를 돌리는 방향이나 몸짓 같은 것을
생각하다가 곧 무료해졌어요.

그때 양 간호사가 말했어요.

"꼭 깁스 같아요."

나는 청바지가 잘린 사건도 기록하고 싶어요. 하지만 시간
순서대로의 배열은 지금 시대에 매우 진부한 수술 후기 기법
이라던 담당 의사의 말이 생각나서 나는 이것을 이야기의 순
서에 맞지 않는, 조금 나중인 지금 기록해요.

발의 표피가 벗겨지기 전에 입고 있던 내 청바지는 종아리
에 딱 붙는 스키니진이어서 바지를 종아리 위로 걷어 올리기

---

[27] 그것이 오해이든 이해이든, 그 때문에 이연희가 개운함을 느꼈다는 것은 좋은 현
상입니다.

어려웠어요. 그런 이유로 내 청바지는 예정에 없이 무릎 바로 위에서 잘려야 했어요. 내 바지가 나팔바지거나 통바지였다면 내 청바지는 잘리지 않았을까요? 나는 그 바지를 사던 날이 생각나서 마음이 쓰라렸어요. 그 바지를 산 건 내 선택이었으니까요. 나는 우리 반 아이들에게 청바지를 몇 번 빼앗겼어요. 엄마가 사 주는 옷들은 언제나 아이들이 뺏고 싶은 마음이 드는 비싼 것들이었어요. 나는 옷을 잃어버려도 혼나지 않았어요. 내게 청바지는 셀 수 없이 많았기 때문에 청바지가 없어지는 것 정도는 엄마도 눈치채지 못했어요. 나도 내 바지들을 일일이 다 기억하지 못할 정도니까요. 하지만 그날 수술대에서 입었던 청바지는 내게 아주 특별한 청바지였어요. 그건 내가 아직 중학생일 때, 아직 세린이와 친할 때 함께 샀던 바지거든요. 우리는 청바지를 하나 사면 하나 더 준다는 광고를 보고 그 바지를 사러 갔어요. 그러나 사이즈가 같은 바지로만 구매해야 해서 세린이는 조금 헐렁하게, 나는 조금 꽉 끼게 입어야 했어요. 누가 봐도 우리가 입은 청바지는 아주 다른 바지처럼 보였어요. 그건 우리 몸이 아주 달랐기 때문이에요.

나는 바지를 살 때 내가 수술대 위에서 발과 종아리의 표피를 벗겨 내는 수술을 하게 될 줄 상상도 못 했어요. 그러니 내 허리와 엉덩이 그리고 허벅지에 꽉 끼는 스타일의 바지를

고른 것은 어쩔 수 없는 거죠. 게다가 세린이에게 너무 크지
않으면서 내게도 들어가려면 오직 이 사이즈 하나밖에 없었
거든요.

어느 누구든 청바지를 살 때 자신의 바지가 겪게 될 운명
까지 예상하진 않을 거예요. 그래도 난 여전히 죄책감에서 벗
어나지 못하겠어요. 나는 그 바지를 사던 순간으로 내 인생
을 되돌릴 수 있는가를 생각하게 돼요. 아무리 생각해도 답
을 찾지 못할 걸 알면서도 이 막막한 심정은 내 심장에서부
터 손끝과 발끝을 향해 퍼져 나가고 있어요. 그것은 마치, 누
군가 내 몸 전체를 아주 오래도록 꽉 껴안고 있다가 한순간
에 풀어 준 것과도 같아요. 멈춰 있던 피가 갑자기 돌기 시작
한 듯 몸이 저릿저릿해요.[28]

내 청바지가 급하게 잘리는 과정에서 내 무릎뼈는 심하게
손상되었어요. 구체적으로 말하자면 연골 파열[29]이었는데
그것 때문에 정형외과 의사가 긴급 투입되고 정형외과 간호

---

28) 이연희는 발작 전에 항상 이와 유사한 상태에 이릅니다. 이 상태를 중단시키지
않으면 발작과 혼절로 이어지곤 합니다.

29) 환자 이연희가 도무지 무슨 이야기를 하는 건지 모르겠군요. 연골 파열이라니요.
우리 수술은 조금도 폭력적이거나 위험하지 않았는데 말입니다. 이것은 분명 환각
증상의 일부일 뿐입니다.

사 두 명이 따라왔어요. 그때 나는 좀 더 강력한 마취를 당했어요. 그들은 내가 무의식 상태이거나 내가 잠이 들거나 혹은 내가 꿈을 꾸지 않게 하려면 끊임없이 나를 이 상황으로부터 낯설게 해야 한다고 했어요.

내 담당 의사는 광인 수술 보고서를 써야 할 내가 수술 중절대 잠들면 안 된다는 말도 반복했어요. 하지만, 나는 이미연골 재생 수술을 받게 된 것만으로도 정신이 번쩍 들었어요. 나는 연골을 깊이 의식해 본 적이 없지만 그건 다시는 잠들 수 없는 끔찍한 일로 생각되었지요.

시간이 흘렀어요. 나의 담당 의사는 초조하다는 말을 두 명중 한 명, 그러니까 코를 가끔 쿵쿵거리고 붕어처럼 생긴, 눈이 크고 툭 튀어나온 의사에게 했어요.

초록색 스웨터

더플코트가 분해된 후, 내게 남은 옷은 잘린 청바지와 초록색 스웨터였어요. 내 초록색 스웨터는 울 80%, 아크릴 20%로 조성되어 있어요. 나는 그 스웨터를 특별하게 생각해요. 잃어버린 지 일 년 만에 서랍 뒤에서 찾은 스웨터예요.

어느 날부터 우리 집 붙박이장의 가장 아랫서랍이 늘 꽉 닫히지 않고 약간 사이가 벌어졌어요. 나는 큰언니에게 그 문제에 관해 심각하게 말했지만 언니는 신경 쓰지 않아도 된다고 했어요. 아버지가 긴 출장에서 돌아오신 날, 내가 서랍이 안 닫히는 것을 계속 말하자 아버지는 서랍을 붙박이장에서 빼냈어요. 아버지는 서랍 뒤편으로 흘러내린 초록색 스웨터를 발견했어요.

그 뒤로 서랍이 끝까지 잘 닫혔고 나에겐 일 년 만에 되찾은 옷이 생겼어요. 그때 직장에서 돌아온 작은언니가 팔짱을 끼고 내 모습을 보고 있었는데, 언니의 팔 사이로 삐져나온 손가락의 손톱 끝에 황금색 매니큐어가 보였어요. 내가 언니의 황금색 손톱이 송곳니 같다고 말하자, 작은언니는 그 손톱 매니큐어의 색상은 황금색이 아니라 겨자색이라고 말해

주었어요. 그 후로도 작은언니는 내게 그 매니큐어의 색상은
겨자색이라고 말했어요. 내가 며칠 동안 그 매니큐어에 관한
묘사를 중얼거렸기 때문에 작은언니는 방을 나가 버렸어요.
나는 이 보고서에 작은언니의 손톱 얘기를 더 쓰고 싶지만
참아요. 가족에 관한 이야기가 많아질수록 내가 쓴 수술 후
기, 즉 이 보고서의 의학적 가치가 떨어지고 통속적인 이야
기가 되고 말 거라던 내 담당 의사의 말 때문에요.[30]

내 초록색 스웨터의 올을 푸는 일을 간호사 둘이 해야 한
다는 말을 들었을 때 나는 깜짝 놀랐어요. 내 초록색 스웨터
의 올을 풀다니요. 내가 초록색 스웨터를 얼마나 자랑스러워
하는지 안다면 그들은 내 초록색 스웨터의 끝자락에 손을 대
는 일조차 조심스러워할 텐데 말이에요.

스웨터 올을 풀기 위한 도구를 손에 든 김 간호사는 내 초
록색 스웨터를 보며 중얼거렸어요.

"순모 스웨터야. 캐시미어가 섞인 아주 고급스러운 스웨
터."

그러자 양 간호사가 말했어요.

---

30) 본인은 이 보고서를 작성하기 위해 수술을 앞두고 약 이 주 가량 환자 이연희에
게 수술 후기 작성법을 교육했습니다.

"순모라면 보풀이 일어날 리 없는데 스웨터의 소매 부분에
보풀이 있어. 그러니까 분명히 이 스웨터는 합성 섬유일 거
야."

"네가 언제부터 섬유 전문가였니? 하긴 넌 내가 하는 말엔
언제나 트집을 잡지. 스웨터 올을 푸는 일 따위는 똑똑한 너
혼자 실컷 해 봐."

김 간호사가 소리를 질러 댄 뒤 문 쪽으로 갔어요. 그 순간
세 명의 의사 중 붕어를 닮은 의사가 김 간호사에게 네가 섬
유 전문가가 아닌 이상, 그리고 저 붉은색 스웨터를 합성 섬
유라고 말한 양 간호사가 섬유 전문가가 아닌 이상, 지금의
논쟁은 무가치하다고 말했어요. 그리고 그런 이견 때문에 너
의 사명을 다하지 못하는 치명적인 실수를 범하지 말라고 했
어요. 잠시 침묵이 흘렀고 붕어를 닮은 의사는 붉은색 스웨
터의 올을 풀지 않고 수술실을 나가는 것은 평생을 후회할
사건이라고 말했어요.

붕어를 닮은 의사의 말이 끝나자마자 세 명의 의사 중 초
고속미남인 의사가 붕어를 닮은 의사에게 말했어요.

"선생님, 이연희 양의 스웨터는 붉은색이 아니라 초록색이
에요."

"그래, 초록색이지. 내가 헛소리라도 했나?"

"붉은색 스웨터라고 하시길래요."

초고속미남[31]의 말을 들은 붕어를 닮은 의사는 자존심이 바닥으로 곤두박질치는 기분이라는 말을 네 번 정도 중얼거리고 나서 한참 동안 침묵했어요. 나는 그 침묵 때문에 시계에서 소리가 나는 것을 알았어요. 이상한 일이에요. 시계는 온종일 소리를 냈을 텐데 나는 왜 특정한 순간의 시계 소리만을 기억하는 걸까요. 다른 사람, 예를 들면 지극히 정상적인 내 담당 의사 김광호[32]에게도 시계 소리가 그런 식으로 들리는지 묻고 싶어요.

나는 내가 처음 개 짖는 소리를 내던 순간을 기억하고 있어요. 아이들이 내게 푸들처럼 생겼고 내 머리카락이 내가 푸들인 것을 증명하고 있으니 개 짖는 소리를 내야 한다고 말

---

31) 대부분의 사람이 이동영 의사가 미남이라는 인식을 하기까지 불과 일 초도 걸리지 않을 것이라는 의미로 주변에서 붙인 별명이 환자들의 귀에까지 들어갔나 봅니다. 의사의 사생활이나 사견이 노출되는 것이 바람직한가 아닌가에 대해서는 좀 더 숙고해 보겠습니다.

32) 모두 아시겠지만 제가 정신과 전문의 자격을 박탈당한 이유는 광기 때문이었습니다. 그러나 저는 한때 광인이었기에 광인의 심정을 누구보다 잘 이해할 수 있습니다. 이번 실험적 수술을 통해 광기 말기였던 환자 이연희가 광기 초기와 정상인 말기 사이까지 이르렀다는 것을 참고해 주십시오. 오직 광인이었던 저와 제 동료 의사들만이 이러한 환자를 감당할 수 있습니다.

했을 때, 나는 아주 잠시 내가 무슨 말을 해야 할까를 생각했어요. 어쩌면 내 유일한 친구인 세린이가 나를 대신해서 뭔가 그럴듯한 말을 해 줄지도 모른다고 생각했지요. 그때 나는 시계의 초침 소리를 들었어요. 칼 솜씨가 좋은 무사가 사탕수수 밭에서 무겁고 예리한 검을 휘두르며 사탕수수를 벤다면 이런 소리가 날 거야, 라고 생각했어요. 일 초 후엔 반드시 또 다른 일 초가 온다는 것과 그 각자의 일 초들은 매우 길고 분명히 존재하는 생생한 순간이라는 것을 나는 그때 확실히 알았어요. 세린이는 아이들 틈에서 웃고 있다가 일 초도 안 되어 눈을 내리깔고 웃음을 멈추고 입을 쭈뼛거렸어요. 그러나 새로운 일 초가 되기 전에 곧 다른 아이들과 비슷한 표정으로 나를 비웃었지요. 나는 그 후 몇 초간을 개처럼 짖어 댄 걸까요. 솔직히 말하자면 그중 몇 초 동안은 나 자신이 차라리 개가 되는 게 낫다고 생각했고, 몇 초는 내가 정말 개라는 확신도 가졌어요. 그리고 나머지 몇 초는 나를 보며 웃는 친구들이야말로 먹이를 보고 침을 흘리는 개들이 분명하다고 생각했어요. 나는 개를 좋아하지 않지만 있는 힘껏 개 짖는 소리를 냈어요.

차라리 늑대 울음소리라든가 코끼리의 울부짖음, 원숭이가 끽끽거리는 소리 같은 게 나았을까요. 개는 어쩐지 너무 흔하잖아요. 기억할 때마다 아주 지루해져요.

　붕어를 닮은 의사는 자신의 수술 가운을 거칠게 벗어 던졌던 것 같아요. 잠시 비스킷 부서지는 소리가 허공에 흩어졌어요. 붕어를 닮은 의사는 초고속미남에게 소리를 질렀어요.

"그렇다면 네가 색채 전문가냐? 이곳엔 온통 전문가들뿐이네!"

　곧 나의 담당 의사 김광호는 수술 중인 환자 앞에서 부끄러운 줄도 모르느냐고 말한 뒤 한숨을 내쉬었어요. 초고속미남은 그 말을 듣고 대답했어요. 옳지 못한 것을 바로잡기 위한 정당한 발언 때문에 당하는 수모는 부끄러워할 것이 아니라 자랑스러워해야 할 것이라고요. 그 말 때문에 의사들은 제각각 언성을 높였고 나는 다른 생각을 하기로 했어요. 그때 나는 다시 시계 생각을 했어요. 소리를 듣고 싶었지만 의사들의 목소리 때문에 소리를 상상했지요. 그 소리는 체크체크이거나 티푸티푸이거나 찌까째까이거나 텔케텔케, 키엘케골, 비달사순, 튀르포튀르포와 흡사하다는 생각을 했어요. 아무리 생각해도 그 소리는 똑딱똑딱과는 비슷하지 않다고 생각했어요. 어쩌면 그것은 라떼라떼라떼, 초코초코초코, 쿠키쿠키쿠키 같은 달콤한 소리라고 생각되었지요.

나는 시계 소리에 관한 상상을 그만두고 감각을 느끼기로 했어요. 무릎 바로 위까지 찢어진 청바지의 너덜거림, 무릎의 잔여 통증, 인공 연골 삽입 때문에 0.5cm 정도 키가 자란 데서 올 낯섦, 깁스 안에서 꿈틀대며 돋아나는 내 피부 같은 것을요. 그러나 양 간호사가 울기 시작해서 나는 그것에도 집중할 수 없었어요.

분쟁에 가담하지 않던 내 담당 의사 김광호는 갑자기 바닥에 무릎을 꿇었어요. 그는 이 모든 분쟁과 다툼이 자신의 환자 때문이고 그것은 곧 자신 때문이기도 하다고 말하며 옷을 찢어 댔어요. 그러자 나를 제외한 모두가 반성하기 시작했어요. 그들은 손을 잡고 동그랗게 서서 서로 용납해야 한다는 노래를 불렀어요.

"서로 용납하라, 서로 용납하라, 서로 용납하라."

듣기가 괜찮았어요. 그들이 그 노래를 너무 흡족해하며 자연스럽게 부르는 걸 들으니 그들은 어쩌면 그 노래를 하려고 싸운 건지도 모른다는 생각이 들었어요. 붕어같이 생긴 의사가 은근슬쩍 화음을 넣었어요. 한 사람 때문에 그들의 노래는 잘 갖춰진 예식처럼 생각되었어요. 나는 내가 번제의 희생양이 되는 것을 상상했어요. 나는 정말 그 순간 제단에 누운 제물 같았어요. 내가 제물이라면 나는 특별히 흠 잡을 곳

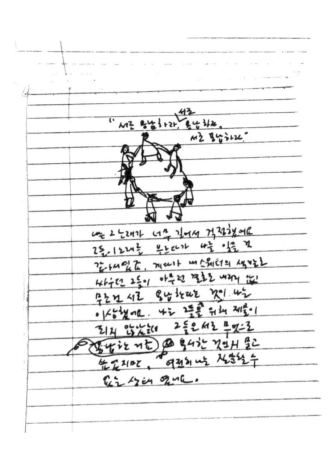

〈자료 3〉 환자 이연희의 노트 중에서

없는 하얀 양이에요. 의사들은 내 머리에 안수하고 자신들의
죄를 내게 뒤집어씌운 뒤 거기서 나를 죽이는 거예요. 초고
속미남은 내 피를 큰 양동이에 담아서 병원 입구로 가져간
뒤 병원 문 앞 사방에 뿌리는 거예요. 의사들은 내 가죽을 벗
기고 나서 내 몸을 각 뜨고, 이 하얗고 동그랗고 차가운 제단
위에 불을 붙이고, 불 위에 내가 읽은 책들을 올려놓고 내장
과 연골은 깨끗하게 씻어 내 책 위에 놓는 거예요. 그리고 마
침내 나는 불살라지는 거예요. 그렇게 나는 내가 제단 위의
희생양인 것을 상상하며 그 노래를 감상했어요.

"서로 용납하라, 서로 용납하라, 서로 용납하라."

나는 그 노래가 너무 길어서 걱정했어요. 그들이 노래를 부
르다가 나를 잊을 것 같아서였죠. 게다가 내 스웨터의 색깔
로 싸우던 그들이 아무런 결론도 내리지 않고 무조건 서로
용납한다는 것이 나는 이상했어요. 나는 그들을 위해 제물이
되지 않았는데 그들은 무엇으로 서로 용납한 것인지 묻고 싶
었지만, 여전히 나는 질문할 수 없는 상태였어요.

나는 다시 내가 처음 개 짖는 소리를 내던 그날을 떠올렸
어요. 만약 내가 개 짖는 소리를 내기 전에 세린이가 아이들
을 말렸다면 어떻게 되었을까요. 혹은 자신이 대신 개 짖는
소리를 낼 테니 나를 놓아주라고 말했다면요. 그렇게 한 뒤

우리 반 아이들이 서로 용납하라느니 어쩌라느니 노래를 불러 대고 화음을 넣고 춤을 추며 교실을 빙글빙글 돌았다면요? 대체 왜 내겐 그런 일이 일어나지 않은 거죠? 내겐 왜 개 짖는 소리 외에 아무것도 남지 않은 거죠?

냉담한 현실

이제 엄지발톱[33]에 관해 기록할게요. 내 담당 의사는 발톱 이야기는 시작만 하고 바로 끝내야 한다는 말을, 내가 수술을 결심하기도 전에 이미 몇 차례 했어요. 그래야만 이 보고서의 구심점[34]이 흔들리지 않는다고요. 중심을 잡고 그 범위를 많이 벗어나지 않기 위해선 글을 쓸 때 쉬지 않고 구심점에 대해 점검해야 한다고 했어요. 그래서 나는 발톱 이야기는 변죽만 울리려고 해요. 내 엄지발톱이 왜 깨졌는지는 쓰지 않을게요. 그걸 쓰면 내가 작은언니의 심부름으로 베란다

---

33) 엄지발톱이 상징하는 것이 모호하고 이 역시 이연희의 뇌 수술과 별다른 연관성이 없는 게 사실입니다. 초록 스웨터보다 더 못한 소재임이 분명합니다.

34) 환자 이연희는 구심점이 없는 이야기를 반복해서 말하는 것이 가장 큰 문제였습니다. 만약 그의 입에서 쏟아져 나오는 말들이 매우 가치 있고 의미 있었다면 아무도 이연희를 제게로 데려오지 않았을 것입니다. 물론 우리 병원이 환자 이연희 부친의 건물에 세 들어 있는 것이 인연이 된 것은 사실입니다. 게다가 딸의 일엔 관심이 많지도 적지도 않은 이연희의 부친은 제가 정신과 전문의 자격증을 박탈당한 의사라는 것을 모르더군요. 물론 저는 제 입으로 제가 정신과 전문의 자격을 박탈당했다고 말한 적도 없지만 제 입으로 정신과 전문의라는 말을 한 적도 없습니다. 그저 책상 위의 오래된 사진들과 졸업장들이 저를 도와주었던 것이겠죠.

창문에 새 모양의 스티커를 붙이다가 아파트 일 층 베란다에서 떨어진 일도 쓰고 싶을 거예요. 우리가 베란다 창을 바꾸고 난 뒤 새들이 날아와서 창에 부딪혀 죽는 일이 생기곤 했거든요. 작은언니는 그 해결책을 알아 왔고 커다란 새 모양의 스티커를 창문에 붙이면 된다고 했어요. 나는 작은언니가 만들어 준 그 스티커를 붙이려고 의자에 올라갔고, 커다란 새 모양의 스티커를 바깥쪽에서 잘 보이게 붙이려고 창을 열고 창틀에 올라섰어요. 결국, 숙면 양말 때문에 발이 미끄러웠던 나는 아파트 화단으로 떨어졌어요. 우리 집이 일 층이 아니었다면 좀 더 긴 시간 떨어졌을 텐데, 나는 날고 있다는 것을 생각할 틈도 없이 바로 떨어진 것 때문에 굉장히 안타까웠어요. 이 일은 세상에 밝혀지지 않고 내 기억 속에만 저장되면 좋겠어요.[35] 그래서 나는 더 자세히 쓰고 싶은 것을 참아요.

어쨌든 발톱은 그날이 아닌 그다음 날 깨졌어요. 혼자 집을 지키던 나는 심심해졌고 책장 꼭대기의 책을 꺼내려고 올라갔다가 떨어졌어요. 물론 화단에서 떨어진 것과도 관련이 있기는 해요. 화단으로 떨어져서 멍이 든 내 발톱에 금이 갔거

---

35) 말은 생각보다, 기록은 말보다 비밀 유지에 도움이 안 되는 게 확실합니다. 그러나 이연희는 그 사실을 알면서도 자신의 비밀 유지에는 적용하지 못했습니다.

든요. 나는 책장에서 떨어지고 나서 책을 꺼내는 일은 포기하고 약솜으로 피를 닦아 냈어요. 그리고 피부 재생 연고를 엄지발톱에 가득 발랐어요. 피가 멈추지 않아서 피와 연고는 뒤섞여 핑크 색이 되었고 깨진 발톱 틈에 끼인 약솜은 새의 깃털 같았어요.

나는 다시 그것을 닦고 피가 더 나지 못하도록 깨진 발톱 위에 매니큐어를 발랐어요. 작은언니의 겨자색 매니큐어였지요. 깨진 발톱에는 매니큐어가 좋을 것 같았지만 효과가 없었어요. 피는 멈추지 않았고 깨진 발톱은 서로 붙지 않았어요. 나는 현관 신발장에서 공구함을 가져왔어요. 공구함을 들고 오는 동안 나는 공구함이 열리며 내 발톱 위로 못이나 드라이버 같은 것들이 쏟아질까 봐 무서웠어요. 공구함에는 송곳이나 망치같이 사람의 발톱을 아프게 하는 것들만 들어 있으니까요. 나는 목공용 접착제를 내 발톱에 발랐어요. 그러나 목공용 접착제는 마르는 데 시간이 오래 걸리고 효과가 없었어요.

나는 지독한 강력 접착제를 사용했어요. 강력 접착제가 너무 묽어서 눈에 잘 보이지 않았고 그래서 너무 많은 양을 왼손에 부었어요. 접착제는 내 왼쪽 손가락까지 흘렀고 내 손가락들은 서로 붙었어요. 그리고 손가락 피부 위에서 굳어 버렸지요. 발톱의 피가 멈추지 않아서 나는 밴드를 여러 겹 붙이고 두꺼운 숙면 양말을 신었어요. 발이 따뜻하면 깊이 잘 수 있다며 작은언니가 사 준 거예요. 하지만 나는 자기 전엔 갑갑해서 언제나 숙면 양말을 벗어 버려요. 내겐 아무 도움이 되지 않는 양말이죠.

강력 접착제 때문에 손가락이 붙어 있어서 숙면 양말을 신을 때 약간 불편했어요. 그래서 나는 양말을 신은 뒤 손가락을 비누로 씻었어요. 손을 씻어도 소용이 없기에 나는 굳은살처럼 변한 살들을 뜯기 시작했어요. 접착제 때문에 굳은 살은 쉽게 뜯어지지 않았어요. 나는 작고 뾰족한 가위로 손가락 사이를 잘라 내려다가 살점을 잘랐고 손가락에서 피가 났어요. 나는 발톱에 관한 일은 잊고 이제 손가락을 돌봐야 했어요. 나는 손가락에 붕대를 감았어요. 잠시 후 큰언니가 집에 왔어요. 나에게 초콜릿 아이스크림[36]이 든 봉지를 주다가 큰언니는 피로 눅눅해진 내 손가락의 붕대를 봤어요. 언니는 내 붕대를 풀어 보지 않았어요. 대신 나를 언니의 차에 태우

---

36) 이연민은 동생이 좋아한다는 이유로 귀갓길에 초콜릿 맛 아이스크림을 사 가곤 합니다. 다소 냉정해 보이는 그녀가 광인인 여동생을 신경 쓰는 모습은 군더더기 없으면서도 다정합니다. 이연민은 항상 사람들과 일정한 거리를 유지하고 있지만, 그 시선은 따뜻합니다.

고 병원으로 갔어요. 병원에 도착했을 무렵 나는 언니에게 참고 있던 말을 했어요.

"큰언니, 공구함에서 볼트 두 개가 사라진 걸 알고 있었어? 지난 오 년간 그 볼트는 언제나 공구함 가장 위 칸에서 데룽거리며 굴러다니고 있었거든. 그런데 왜 갑자기 그 볼트가 사라진 걸까? 우리 식구들은 아무도 볼트를 사용하지 않았는데 말이야."

그러나 언니는 아무 대답도 하지 않고 주차할 곳을 찾아 댔어요.

"언니, 볼트 두 개가 말이야. 그게 거기 다시 들어가 있으면 좋겠어. 나는 그런 걸 좋아하거든."

그때 큰언니는 갑자기 눈물을 흘렸어요. 큰언니는 내가 깨진 발톱을 붙이려고 한 것은 몰랐어요. 내가 그 전날 화단에서 떨어진 것도 큰언니는 몰랐거든요. 큰언니에겐 비밀로 하자고 작은언니가 말했기 때문이에요. 하지만 내 엄지발톱이 깨진 것은 작은언니도 모르는 일이었어요. 화단으로 떨어진 다음 날, 내가 책장에서 떨어지며 발톱이 뒤집어진 거니까요. 세로로 난 균열을 따라 발톱의 반쪽은 엄지에 붙어 있고 반쪽은 허공을 향해 들려 있었어요. 이제 막 벗겨지는 바나나 껍질처럼요. 그런데 이상하게도 그 통증은 나의 다른 감각들을 평온하게 해 주었어요. 모든 감각이 오직 엄지발톱의 반쪽에만 집중되었기 때문이에요. 내 머릿속은 완전히 청소되고 오직 엄지발톱 하나만 생각하게 되었어요. 나는 순식간에 깨끗해지는 기분이었어요. 엄지발톱의 고통 말고는 나를 나라고 할 수 있는 어떤 것도 없었으니까요.

빠진 이야기가 있어요.[37] 어디에 끼워 넣어야 할지는 모르지만 이 얘기가 빠진 건 분명해요. 분명 나는 왼손 가운뎃손가락과 넷째 손가락이 붙은 상태에서 왼손으로 글루건을 들고 있었거든요. 나는 원래 왼손잡이였는데 오른손을 쓰도록 교육받았어요. 그런데 힘을 줄 일이 있을 때는 나도 모르게 왼손을 사용하기도 해요. 글루건을 사용한 것은 내가 강력 접착제로 인해 굳은 왼손의 살을 뜯어내기 전이 분명해요.

그때 난 혼자였어요. 혼자인데 발톱의 반쪽이 바나나 껍질처럼 허공을 향해 들린 건 걱정스러웠어요. 하지만 그것만 잘 해결하면 내 발톱을 스스로 치료할 기회가 온 것이니 좋았어요. 나는 스스로 뭔가를 할 기회를 얻은 적이 거의 없거든요. 그래서 발톱을 다시 덮고 매니큐어와 목공용 접착제와 강력 접착제 들을 사용했죠. 아직 발에 붙어 있는 나머지 발톱과 들썩거리는 발톱을 이어 붙이고 싶었어요. 그러나 내 바람과는 다르게 엄지발가락과 둘째 발가락이 붙어 버렸고 거실의 마루 위에 강력 접착제가 떨어지자 마루는 촛농 같은 색으로 변해 버렸어요. 바로 그때 왼쪽 가운뎃손가락과 넷째 손가락이 붙은 거였죠. 발톱 때문에요.

내 발의 표피를 의사들이 왜 벗긴 건지는 모르지만 그 시술을 할 때 의사들은 내 엄지발톱을 보며 매니큐어 과다 사용으로 인한 착색 현상이다, 본질의 절규다, 객관주의적 미와 주관주의적 미의 충돌이다, 라는 말을 하며 논쟁을 벌였어요. 내 담당 의사는 보라색 발톱은 어떤 이에겐 미적으로 보이고 어떤 이에겐 혐오감을 줄 거라는 설명도 덧붙였어요. 그 논쟁은 진부했지만 내 발톱 때문에 그런 논쟁을 한다는 건 진부하지 않았어요.[38]

---

37) 자, 이연희는 이제 기억을 정돈하고 연결하는 것의 중요성을 알고 있습니다. 그리고 사건의 순서에 관심을 둡니다. 수술 전의 이연희라면 거의 불가능한 일이었습니다. 마치 진주 목걸이의 줄이 끊긴 것처럼 기억의 진주 알갱이들은 자신이 어떤 진주 옆에 있었는가는 잊고 제각각 마루 위를 튕기다가 소파 밑이나 책상 밑으로 사라져 버리죠. 이연희는 줄에 꿰지 않은 채 저장해 놓았던 기억을 스스로 앞이나 뒤에 꿰맞춰 보기 시작한 것입니다. 이것은 이 수술의 최대의 성과라고 할 수 있을 것입니다. 비록 아직은 오류투성이지만 이연희의 변화만으로도 저는 이 수술이 성공했음을 확신합니다.

38) 우리는 그런 다소 허무맹랑한 논쟁을 통해 견딜 수 없이 무거운 현실을 버텨 낼 원동력을 얻을 뿐입니다. 협회 측의 넓은 이해를 구합니다.

어쨌든 나는 의사들에 의해 발톱이 제거되었어요. 이상하게도 발톱을 빼는 것은 아프지 않았어요. 이미 내 엄지발톱은 이번 달에 느껴야 할 고통을 며칠 만에 다 느껴서 더는 고통을 느낄 여지가 남지 않은 거였죠.

내 왼쪽 엄지발톱에 감긴 붕대가 검붉게 젖어 들어 가는 것이 느껴졌어요. 나는 빈혈이 걱정됐어요. 더는 헛되게 흘릴 피가 없기 때문이에요. 나는 빈혈이 심해요. 그래서 앉았다가 일어날 때, 누웠다가 앉을 때 우주 비행선을 타고 지구를 한 바퀴 도는 기분이거든요. 그럴 때마다 쎄에[39] 하는 소리가 귀 부근의 뇌에서 들려와요. 잠시 시야에 물감 뿌리기 놀이 같은 게 보이기도 하고요. 작은 물방울끼리 부딪치며 터지는 것처럼 보이기도 해요. 그 물방울들은 텔레비전에서 본 정자들처럼 쉴 새 없이 꼬리를 흔들며 어딘가로 헤엄치는 것처럼도 보여요.

광기와 빈혈의 상관관계가 궁금했지만 안타깝게도 나는 하얗고 동그랗고 차가운 책상 위에서 말을 할 수 없도록 아랫니와 윗니가 붙어 있고 인공호흡기까지 끼고 있었기에 빈혈에 관한 질문을 하지는 못했어요.

---

39) 이연희는 빈혈이 없습니다. 기립성 저혈압에서 오는 증세를 착각한 듯합니다.

변주

드디어 그들이 기다리던 내 초록색 스웨터의 올 풀림 시술이 진행되었어요. 그들은 내 예상과는 달리 소맷단이 아닌 겨드랑이 쪽부터 올을 풀기 시작했어요.

내 담당 의사는 수술이 끝나고 나면 내 더플코트와 초록색 스웨터 같은 것들을 모두 원래대로 만들어 줄 것이니 걱정하지 말라고 했어요.

내 스웨터를 순모라고 말했던 김 간호사가 올을 풀면, 내 스웨터를 합성 섬유라고 말했던 양 간호사가 실을 동그랗게 말았어요. 나는 비명을 지르고 싶었어요. 스웨터가 겨드랑이로부터 팔뚝과 팔꿈치로, 그리고 팔목으로 진행되며 올이 풀릴 줄 알았는데 스웨터의 올 풀림이 내 겨드랑이에서부터 가슴 쪽으로 풀리기 시작했기 때문이에요. 미세한 진동은 내 몸의 모든 신경을 간지럽혔어요.

시계를 보았어요. 결혼식을 하려면 준비에 최소한 삼 일이 걸린다던 작은언니의 말이 생각났어요. 큰언니는 책상에 앉아 논문 자료를 읽고 있었고 나는 방바닥에서 명화 퍼즐 맞추기를 하고 있었어요. 방으로 들어온 작은언니는 벨벳 윙 체

드디어 그들이 기다리던 내 노로색 스웨터의 올 풀려 시술이 진행되었어요. 그들은 내 예상 과는 다르게 달리 소껏단이 아닌 거드랑이 쪽부터 올을 풀기 시작했어요. 내 담당 의사는 수술이 끝나고 나면 내 터틀르트와 노로 색 스웨터 같은 것들을 모두 원래대로 만들어 줄 것이나 걱정하지 말라고 했어요.

〈자료 4〉 환자 이연희의 노트 중에서

어의 손잡이에 살짝 걸터앉아, 큰언니에게 적어도 세 번의 마사지는 받아야 한다고 했어요. 큰언니가 결혼식 준비를 하며 마사지는커녕 세수에도 신경 쓰지 않고 논문만 쓰는 것이 한심하다면서요. 그러자 큰언니는 너 같은 여자들이나 결혼식 치장을 위해 몇 달 전부터 호들갑인 거라고 말했고 작은언니는 울며 부모님의 방으로 달려갔어요. 큰언니는 퍼즐 맞추기를 잠시 멈춘 나를 보며 계속하라고 했어요. 내가 화장실에 다녀와서 무늬가 없는 퍼즐 조각을 집었을 때 언니는 내게 논문 목차를 수정하는 일이 왜 어려운지 말했어요. 그건 목차 안에 들어갈 모든 내용도 함께 삭제하거나 추가하거나 이동해야 하기 때문이라고 했어요. 그리고 잠시 한숨을 내쉬고는 자신이 애초 논문의 주제를 잘못 잡은 것 같다고 했어요. 문학 박사 논문이 이렇게 어려운 것인지 몰랐다는 말을 할 때 나는 큰언니의 말을 듣지 않으려고 더 퍼즐 맞추기에 모든 신경을 곤두세웠어요. 나는 언니가 하는 말을 알아듣기 힘들었고 뭐라고 대답해 주어야 할지 몰랐거든요. 나는 언니가 내게 실망하게 될까 봐 차라리 퍼즐 맞추기에 집중하느라 무슨 말인지 제대로 듣지 못하는 체하기로 했어요. 그래서 되도록 퍼즐을 천천히 맞추고 싶었는데 내 뜻대로 되지 않았어요. 나는 일부러 퍼즐 맞추기를 힘들어하는 척했어요. 퍼즐을 맞추다가 기침 한 번 하기, 퍼즐을 일부러 원래 놓여야 할 곳에서 세 칸 떨어진 곳에 놓았다가 다시 제자리에 놓기, 퍼즐을 뒤집은 채 끼워 보곤 다시 제대로 맞추기, 퍼즐을 맞추다가 손톱 물어뜯기 등을 번갈아 했어요. 처음엔 순서대로 하다가 영리한 언니가 눈치챌까 봐 나는 그 순서를 뒤집었고 그다음엔 하나씩 건너뛰었어요. 누가 봐도 내 모습은 퍼즐을 못 맞추는 것처럼 보였을 거예요. 그러나 나는 왠지 불안했어요. 그래서 퍼즐의 아무 조각이나 붙박이장 틈으로 끼워 넣기 시작했어요. 어떤 퍼즐은 붙박이장 틈으로 쏙 들어갔지만 어떤 퍼즐은 벽과 붙박이장 사이에 꽉 맞게 끼어 더 깊이 들어가지도, 다시 빠지지도 않았어요.

"연희야, 제발."

그때 큰언니가 내 이름을 큰 소리로 불렀어요.

내가 고개를 들고 언니를 보았을 때 나는 언니가 왼쪽 귀에 전화기를 대고 있다는 것을 알았어요. 언니는 전화기에 대고 말했어요.

"미안해, 동생이 뭘 해서. 다시 전화할게."[40]

언니는 논문 얘길 나에게 하고 있는 게 아니었어요. 얼마나 다행이었는지 몰라요. 나는 드디어 마음이 편안해졌어요. 언니의 논문에 대한 고민을 내가 전혀 도와주지 못한다는 걱정

같은 건 안 해도 되니까요. 그러나 언니가 붙박이장 사이에 낀 퍼즐 조각들을 빼낸 복잡한 일은 기록하지 않을게요. 언니가 친구에게 말했던 것처럼 버릴 수 없어 넣은 하나의 단락 때문에 이 보고서 전체의 논지가 흐려지면 안 되니까요.

사실 나는 이 이야기가 무척 선명한 기억이라서 계속 적고 싶은데 붙박이장 이야기가 나오면 자꾸만 초록색 스웨터가 붙박이장 서랍 뒤로 넘어갔던 일을 다시 기억하고 싶어져서 그만둘게요. 내 담당 의사는 절대로 같은 생각을 자주 반복하지 않도록 피하라고 했거든요. 특히 초록색 스웨터에 대한 기록을 하고 싶다면 무조건 다른 글을 쓰라고 했어요. 그러나 나는 내 초록색 스웨터에 관한 이야기를 기억하지 않을 방법을 모르겠어요. 언제나 무슨 일을 해도 나는 그 초록색 스웨터 얘기를 하게 돼요.

나는 지금 내 담당 의사가 가르쳐 준 규칙을 생각해 내서 그대로 적용하려고 노력하고 있어요. 초록색 스웨터 얘기가

---

40) 저와 이연민의 통화는 항상 간결했습니다. 아마 그녀와 통화한 것은 그의 애인일 것입니다. 그녀가 오랜 시간 통화한 것으로 보아 이연민의 애인은 언변이 좋겠지요. 이연민은 문학 박사 과정에 심한 회의를 느끼고 있었습니다. 저와 처음 통화를 하던 날, 저는 이연민이 자신이 처한 몇 가지 상황들에서 도피하고 싶어 한다는 것을 눈치챘습니다. 저는 그 상황 속에 그녀의 애인도 포함된 것이라고 굳게 믿었지요.

나오면 무조건 거기서 얘기를 멈추고 다시 원래의 얘기로 돌아가는 것[41] 말이에요.

작은언니가 큰언니에게 세 번의 마사지 얘길 한 건 이유가 있다고 어머니가 우리 방으로 와서 말했어요. 큰언니가 선택한 고급 호텔 웨딩 패키지에 전신 마사지 삼 회 이용권이 포함되어 있기 때문이래요. 그러나 큰언니는 어머니의 말을 들은 척도 안 했어요. 어머니 옆에 서 있던 작은언니는 어머니가 안방으로 가자 내 침대에 걸터앉더니 말했어요.

큰언니가 결혼식을 올리고 나서 신혼여행을 떠나면[42] 작은언니는 바로 그날 큰언니와 내가 쓰던 방을 정리할 거라고 했어요. 작은언니는 내게 자기 방은 작아서 아늑할 거라고 말했고 큰언니와 내가 함께 쓰던 커튼이 촌스러웠다고 말했어요. 그러자 큰언니가 커튼을 바꾸거나 침대 시트를 바꾸는 일 따위를 할 생각은 꿈도 꾸지 말라고 했어요. 작은언니는 자기 방을 자기 마음대로 바꾸는 것에 참견하지 말라고 했고

---

41) 이연희에게 이러한 규칙이 없었다면 이연희는 초록색 스웨터 얘기만으로 보고서를 메웠을 것입니다.

42) 이연민의 결혼은 이상하게도 제 심장을 아프게 했습니다. 그녀가 결혼하게 될 거라는 말을 환자 이연희에게 들은 날 저는 신경 안정제를 복용해야 했습니다. 그러나 이것은 이연희의 뇌 수술과 무관하므로 이야기를 전개하지 않겠습니다.

큰언니는 손에 들고 있던 형광펜을 내려놓고 말했어요.

"아직 여긴 네 방이 아니야, 나는 너에게 방을 주지 않으려고 결혼을 취소할 수도 있어."

그러자 작은언니가 말했어요.

"언니가 결혼하지 않으면 나라도 결혼을 해서 지긋지긋한 언니에게서 벗어날 거야."

나는 큰언니와 작은언니가 싸우는 사이 다시 퍼즐 조각을 붙박이장과 벽 사이로 집어넣기 시작했어요. 그 붙박이장은 틈이 많았으니까요. 큰언니의 말에 따르면 인테리어 업자가 부실 공사를 해서래요. 그러나 인테리어 업자가 와서 한 말은 달랐어요. 우리 아파트 대부분의 집은 자기네 사무실에서 붙박이장이나 신발, 싱크대 공사를 하고 이 아파트의 평수와 구조가 같아서 모든 제품은 일괄적으로 하청 업체에서 가져오는데 이런 일이 생긴 것은 처음이라고요. 그러더니 우리 집에 문제가 있다고 말했어요. 방이 기울어졌다는 거죠. 그러자 작은언니는 이 아파트가 점점 주저앉는 거냐고 물었어요. 하지만 인테리어 업자는 대답을 하지 않았어요. 큰언니는 어찌되었건 옷장의 좌우 높낮이가 다른 부분이나 서랍의 틈에 대해 손을 봐 달라고 했고 인테리어 업자는 하는 데까지 해 보겠으나 앞으로 또 어떻게 될지는 모른다고 했어요.

나는 붙박이장 이야기를 하다가 또 초록색 스웨터 생각이 나요. 초록색 스웨터 이야기를 하지 않기 위해 다시 내 스웨터의 올이 풀린 이야기를 기록하겠어요.

핏줄

나는 갑자기 수술실 책상에서 일어나고 싶었지만, 나의 몸은 내 몸에서 뽑아낸 핏줄들로 묶여 있었기에 그것은 불가능했어요. 나는 의사들이 어떻게 내 몸에서 핏줄을 뽑았는지 이해할 수 없었지만 김 간호사가 내 귀에 대고 의사들 몰래 말해서 알게 되었어요. 물론 의사들은 알고 있었을지 모르지만 나는 그 당시 그 사실, 내 몸에서 핏줄을 뽑아 내 몸과 책상을 엮어 놓았다는 사실이 김 간호사와 나만의 비밀처럼 생각되어서 비밀을 지키고 있었어요. 물론 나는 비밀을 누설할 아무런 방법도 없었어요. 나는 김 간호사의 목소리를 들을 때 갑자기 속이 울렁거렸어요. 놀이기구를 타다가 갑자기 멈춘 것처럼 내 몸이 한쪽으로 기울어지는 것 같았어요. 내 핏줄들이 내 몸 밖으로 나와 있다는 것이 두려웠어요.

내 몸에서 언제 핏줄을 뽑았고, 내 몸에서 뽑아낸 그 핏줄로 내 몸을 어떻게 감았는가를 의사에게 묻고 싶었지만 나는 한 마디 말도 할 수 없었지요. 그래서 나는 스스로를 안심시킬 만한 것들을 생각해 내었어요. 그것은 바로 인공호흡기였어요. 핏줄과는 달리 인공호흡기에 관한 생각은 좋았어요. 누군가 나를 잘 돌봐 주는 느낌이었거든요.

아무도 나를 죽일 생각이 아니라는 것 정도는 나도 알고 있어요, 라고 말하고 싶었지만 나는 그럴 수 없었어요.

초록색 스웨터의 올이 가슴 쪽으로 풀려 오는 바람에 나는 재빨리 자리에서 일어나 버리고 싶었지만 태어나서 처음으로 현실적인 상황을 고려하게 되었어요. 나는 현실적이라는 말을 들을 때마다 작은언니가 생각나요. 평소에 내게 현실적인 면을 고려하라는 말을 많이 했거든요. 그러면서 덧붙이는 말은 똑같았지요.

"중얼거리며 숫자 세기를 하거나 벽지의 반복되는 무늬마다 사인펜으로 점을 찍는 일은 네 현실에 아무 도움도 되지 않아. 숫자가 끊어지지 않게 그렇게 잘 셀 정도라면 너는 주민센터에 가서 주민 등록 등본을 떼거나 지하철을 갈아타는 일도 할 수 있어. 넌 그런 걸 해야 해."

작은언니는 그런 것이 인생을 사는 데 매우 중요하다며, 무엇이 인생을 편하게 사는 데 도움이 되고 무엇이 불필요한지를 아는 일은 생각보다 어렵지 않다고 했어요. 내가 매우 어려워 보인다고 말하자 언니가 말했어요.

"주민센터에서 등본을 떼고 나면 그다음엔 초본을 뗄 수 있고 그다음엔 은행에서 부채 증명서도 뗄 수 있어."

그러자 큰언니가 작은언니에게 화를 냈어요.[43]

"너는 연희에게 필요도 없는 말을 왜 하니? 부채 증명서 같은 쓸모없는 예야말로 비현실적이야."

나는 부채 증명서라는 말이 재미있었어요. 그래서 그 말을 하기 시작했는데 멈출 수 없었어요. 부채 증명서라는 말을 반복[44]하다가 결국 우체부라는 말을 섞어서 했어요. 어딘지 발음이 비슷했거든요. 나는 부채 증명서라는 말을 두 번 한 뒤 우체부라는 말을 두 번 했어요. 그다음엔 아버지라는 말을 세 번 했어요. 그러다 보니 나는 이과수 커피라는 말도 하고 싶어져서 이렇게 말했어요.

"부채 증명서, 부채 증명서, 우체부, 우체부, 아버지, 아버지, 아버지, 이과수 커피. 부채 증명서, 부채 증명서, 우체부, 우체부, 아버지, 아버지, 아버지, 이과수 커피. 부채 증명서, 부채 증명서, 우체부, 우체부, 아버지, 아버지, 아버지, 이과수

---

43) 이연민처럼 적절한 상황에서 적절한 농도로 자신의 분노를 표출하는 것은 매우 바람직한 것입니다.

44) 환자 이연희의 가장 위험한 증상은 반복입니다. 이연희는 시작된 반복을 멈추는 법을 모릅니다. 복제와 반복을 거듭하는 사이 이연희는 그것에 논리를 세우려고 합니다. 자신의 사유 방식의 불합리함을 모르는 상태에서 그것을 논리적인 사고와 통합하려는 시도는 그에게 혼란을 줄 뿐이지요.

커피."

그건 정말 재미있었어요. 그래서 나는 다시 그 단어들 뒤에 초록색 스웨터라는 말을 했고 붙박이장에서 마시는 이과수 커피라는 말을 했어요. 그러나 그 단어들이 추가되자 재미가 없어져서 나는 마침표 대신 필요한 말을 생각하다가 스테인 리스 스틸이라는 말을 모든 단어 다음에 붙였어요.

이렇게요.

"부채 증명서, 스테인리스 스틸, 부채 증명서, 스테인리스 스틸, 우체부, 스테인리스 스틸, 우체부, 스테인리스 스틸, 아 버지, 스테인리스 스틸, 아버지, 스테인리스 스틸, 아버지, 스 테인리스 스틸, 이과수 커피, 스테인리스 스틸, 초록색 스웨 터, 스테인리스 스틸, 붙박이장에서 마시는 이과수 커피, 스 테인리스 스틸."

나는 그런 말들을 계속 반복했어요. 그래서 언니들은 싸움 을 멈췄고[45] 나는 아침까지 심심하지 않았어요. 나는 어찌 된 일인지 발작도 없이 새로운 단어들을 추가하고 반복했어요. 개 짖는 소리와 세린이, 보건실이라는 단어가 추가되었을 땐

---

45) 가족 내의 갈등은 종종 이연희의 발작 때문에 멈추곤 합니다. 해결되지 않고 멈 춘 갈등은 그 집을 조금씩 기울어뜨리겠죠.

기분이 좋지 않았지만 나는 여전히 부채 증명서를 발음할 때
마다 기분이 좋았어요.

　나는 수술실의 하얗고 동그랗고 차가운 책상에 누워서 생
각했어요. 만약 내가 일어나면 내 몸을 책상과 엮고 있는 내
핏줄이 끊어질 것이고 내 핏줄이 끊어지면 내 심장이 멎게
되리라는 걸요.

　나는 하는 수 없이 눈에 보이는 것만을 보기로 했어요. 시
계요. 그것은 내 시야에서 가장 보기 편한 위치에 달렸잖아
요. 게다가 시계를 보는 것은 유익할 거란 생각도 들었어요.
초와 분과 시의 감각을 몸으로 익히게 된다면 나는 지루한
불면의 시간에 시계 놀이를 할 수 있을 테니까요.

　특히 바늘 시계는 쉬지 않고 움직여 주어 고마웠어요. 나는
뭐든 일정한 것들을 좋아하는데 시계야말로 지루하지 않게 계
속 움직이면서도 일정한 속도를 유지해요. 하지만 나는 밥을
먹고 난 직후에는 시계를 안 보려고 해요. 시계 초침이 도는
것을 관찰하다가 연속해서 세 번 구토를 한 적이 있거든요.

　구토를 세 번 한 날 나는 거실에 걸린 바늘 시계를 보고 있
었어요. 그 시계는 초침이 지그재그였어요. 초침 끝에 화살표
가 달렸고 초침과 분침과 시침은 나무판자 위에 달려 있었어

요. 바늘들이 움직일 때마다 나는 그 바늘들이 바닥으로 쏟아질까 걱정했어요. 그 시계는 다른 시계와는 달라서 나무판자 위에 바늘들이 있고 숫자들이 있어야 할 자리엔 이상한 그릇 모양들이 붙어 있었어요. 작은언니는 그 시계가 아주 감각적이라고 좋아했지만 큰언니는 조잡하다고 했고, 큰언니와 작은언니가 그렇게 말다툼을 시작하는 사이 나는 시곗바늘의 흔들림을 봤어요. 초침이 마치 다음 초를 향해 가지 않으려고 안간힘을 쓰다가 어쩔 수 없이 움직이는 것 같았죠. 나는 관절에 압박감을 느꼈어요. 왜 시곗바늘의 흔들림이 내 관절에 압박감을 주었는지는 모르겠지만 나는 그런 경험을 자주 했기 때문에 놀라지는 않았어요.

　나는 바둑알처럼 작고 여러 가지 푸른색으로 엮인 욕실 타일들을 볼 때, 그리고 작은언니 방의 연속된 무늬의 포인트 벽지 같은 것을 볼 때[46] 압박감을 느끼곤 했어요. 내 담당 의사는 나보고 연속된 패턴을 너무 몰입해서 보지 말라고 했어요. 바나나에 기름을 칠하듯 매끄럽게 훑어보라는 거예요. 그러나 내가 어떤 상황에서 그런 압박을 느꼈는지 설명하자 자

---

46) 사춘기 이후 이연희의 강박증은 호전되는 듯했다가 악화되기를 거듭했습니다. 또한, 조증과 울증의 간격이 짧아지자 본격적인 약물 치료를 병행했습니다.

신에게 전이되는 느낌이라며 그만 멈추라고 했어요. 나는 병원에 올 때마다, 바닥에 일정한 간격으로 그어져 있는 선을 밟지 않으려고 노력한다고 말했고 의사는 한숨을 쉬며 두 손으로 머리를 긁었어요.[47] 그래서 나는 때로는 일부러 선만 밟으며 걷기도 한다는 것은 말하지 못했어요.

나는 다른 시계를 보다가도 우리 집 거실에 걸려 있는, 작은언니가 선물로 받아 온 나무판자 위의 지그재그 초침이 생각나면 고통스러워졌어요. 그럴 때면 몸속에서 뜨거운 물이 끓는 것 같아서 사지를 뒤틀거나 허공에서 세차게 털고 싶어지거든요. 그런데 수술실의 하얗고 동그랗고 차가운 책상 위에서 발작이 일어난다면 나는 내 핏줄을 스스로 끊고 싶어질 것만 같았어요.

나는 내 핏줄들을 위해서 온 정신을 집중한 뒤 시계에 인쇄된 사십 주년 기념이란 글씨만 보았어요. 나는 아직 사십 살이 되지 않았으니 분명히 나와 관계된 역사는 아니었을 거예요. 그래서 나는 의사들을 생각했어요. 집중할 문제가 생기자, 내 강박증이 조금 순화되었어요. 세 의사 중 초고속미남

---

47) 의사로서 적절치 못한 반응이었음을 고백합니다. 그러나 이연희의 이야기가 주는 압박감을 저 자신도 견딜 수 없을 때는 어떻게 해야 할까요.

은 이십 대로 보였어요.

내가 사십 주년을 추리하는 사이 내 스웨터의 올은 완벽하게 풀렸어요. 스웨터에서 풀려 나온 초록색 실들은 어찌 된 일인지 붉은색 실 뭉치가 되었어요.

나는 깜짝 놀랐어요. 나는 초록색이었으나 붉고 동그란 털실 공이 된 그 핏줄 같은 실의 끝, 어쩌면 스웨터의 처음인지 모를 실의 끝자락을 분명히 보았어요. 그것은 은 쟁반 밖으로 혀를 살짝 빼고 흔들며 장난을 치는 듯 보였어요. 양 간호사에 의해 숙연하게 사라지는, 은 쟁반 위의, 내 붙박이장 서랍 뒤로 넘어갔던, 울 80%에 아크릴 20%가 섞인, 겉보기엔 초록색이었으나 분해된 후엔 붉은색이 된 스웨터는 내 심장을 쿵쿵 울리며 전율을 일으켰어요. 심장을 통과하기 전과 후의 피 색깔이 다르다는 건 재미있는 일이에요. 내 털실 공처럼요. 그것은 뭔가 살아 있고 젖어 있는 척했지만 그냥 털실 공이었어요. 만약 그것이 내 핏줄이라면 그 실의 끝에서 핏방울이 떨어졌을 거잖아요.

하지만 나는 내가 왜 내 핏줄을 염려했는지 모르겠어요. 나는 단 한 번도 살고 싶은 적이 없었는데 왜 핏줄이 끊어질까를 두려워한 거죠?

광인도 정상인도 사람이라면 누구나 죽음을 두려워할까

요? 내가 광인 수술 동의서를 작성하던 날 내 담당 의사는 지금 내 정신 상태는 종말을 맞은 셈이라고 말했어요. 내 표정이 어두워 보이자 그는 다시 일종의 농담으로 받아들이라고 했지요. 나는 큰언니와 보았던 영화 〈타인의 삶〉[48]에 대해 말하고 싶었지만 멈추지 못할 거라는 생각이 들어서 그만뒀어요. 대신 나는 내 담당 의사의 방에 있는 책이 몇 권인지와 나에게 희망을 주려고 뭔가를 숨길 때 코 밑 인중에 손을 가져다 대는 것 등에 더욱 집중했어요. 그리고 속으로 생각했어요. 왜 내 담당 의사의 책꽂이에는 도스토옙스키의 《악령》이 없나. 그리고 머그잔에 관해 생각했어요. 그 의사는 머그잔을 수집하거든요. 의사는 오페라의 유령이라는 글씨가 인쇄된 머그잔이 아닌 다른 머그잔에 커피를 담아 오는 걸 싫어하고 종이컵에 커피를 담아 오는 것은 더욱 싫어해요.

내가 간호사라면 항상 오페라의 유령이라는 글씨가 인쇄된 머그잔에만 커피를 담아 올 텐데. 왜 사람들은 그런 중요한 것들을 잃어버리는 것은 아무렇지도 않게 여기면서, 나에겐

---

48) 플로리안 헨켈 폰 도너스마르크 감독의 영화입니다. 이연희는 이연민과 함께 두 번이나 이 영화를 보았다고 합니다. 저는 그 말을 들은 뒤에야 이 영화를 찾아 볼 수 있었습니다.

너무 많은 것을 세세히 기억하지 말고 살아가라고 말할까요.

내가 쉬는 시간마다 아이들 앞에서 개처럼 네발로 다니며 개 짖는 소리를 내야 했다는 것을 알게 된 날, 담임선생님은 내 눈을 보며 말했어요.

"연희야, 그냥 잊는 게 좋겠다."

"어떻게요?"

"시간이 해결해 줄 거야. 이제까지 모두 그렇게 살아왔거든."

"저는 시간이 지나도 지나간 일을 오늘 일처럼 똑같이 기억할 수 있어요. 저는 선생님이 어느 날 창문 밖에서 개처럼 기어 다니고 있는 저를 본 것도 기억해요. 선생님은 전학생이 이 일을 학교에 알리기 전에도 이미 제가 우리 반의 개라는 걸 알고 계셨어요."

선생님은 한숨을 쉬었다가 투박한 두 손으로 얼굴을 비비적거렸다가 헛기침을 했다가 하면서 시간을 끌었어요.

"그게 언제인지 모르지만 잘 기억나지 않아."

"선생님이 이마에 반창고를 붙이고 오신 날이었어요. 선생님은 창문으로 저를 한동안 보셨는데 기억이 안 날 수 있나요? 저는 선생님이 계속 거기서 저를 보고 있었다는 걸 아는걸요."

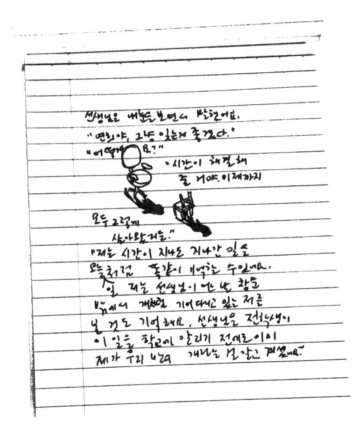

〈자료 5〉 환자 이연희의 노트 중에서

"어쨌든 그 일은 잊어라. 아이들이 너를 때린 것도 아니고, 어떤 날은 네가 자발적으로 개 짖는 소리를 내고 재롱을 피워 대지 않았니? 친구들은 그냥 재미로 한 거야. 모두 네게 관심을 가지고 함께 놀았다고 생각해라."

선생님은 교실에서 있었던 일과 선생님이 창가에서 나를 지켜보았다는 것을 우리 집에 알리지 않기를 원했던 것 같아요. 그 일이 있은 후 선생님은 틈만 나면 우리에게 모든 것을 다 기억하고 살아가지 말라는 말을 몇 번이나 했어요. 안 좋은 기억은 훌훌 털어 버려야 성장할 수 있다는 말을 할 때마다 나를 쳐다보았고요.

전학생은 나에게 조금도 관심이 없는 듯 보였어요. 전학생은 내가 개 짖는 소리를 내기 시작하면 읽고 있던 책을 덮고 교실 밖으로 나가 버리곤 했거든요. 그러나 어느 날 수업 시간에 전학생은 손을 번쩍 들었어요. 전학생은 우리 반은 어느 누구도 정상적이지 않다는 말을 했고 선생님은 전학생을 향해 책을 던졌어요. 흐트러지지 않고 바른 자세로 서서 책을 맞을 것만 같던 전학생은 아주 잽싸게 몸을 피했어요. 그 모습은 조금 웃기고 황당했어요. 만약 전학생 뒷자리에 앉아 있던 세린이가 그 책에 맞지 않았다면, 세린이의 이마가 찢어져서 피가 나지 않았다면 아이들은 한껏 웃었을지도 몰라요. 우린 그 모습을 보고 웃을 준비가 되어 있었지만 세린이 때문에 모두 웃지 못했어요.

"미안하시겠어요."

전학생이 선생님에게 말했고 선생님은 주먹을 세게 쥔 뒤 세린이 짝에게 세린이를 보건실에 데려다 주라고 소리 질렀어요.

결국 우리 어머니, 아버지, 그리고 언니들까지도 내가 학교에서 푸들이었다는 것을 알게 되었고 심지어 아이들이 던져주는 간식[49]을 받아먹어야 했다는 것도 알게 되었어요. 나는 그 후 우리 반 아이들에게 말라빠진 콩자반 같은 아이가 되었어요. 아무도 나 같은 애 따위는 쳐다보려고도 하지 않았어요. 내가 머리를 박박 밀고 나타나든, 수업 시간 중간에 불쑥 욕을 해 대든 아무도 나를 쳐다보지 않았어요.

그 후 한동안 나는 무서운 속도로 늘어 가는 체중 때문에 비만 클리닉에 다녀야 했어요. 체중도 정상을 벗어나 버렸거든요. 나는 닥치는 대로 먹거나 먹지 않고 견딜 수 있는 끝까지 견디거나를 반복하느라 매일 내 몸과 싸워야 했어요.

---

49) 개 사료를 사물함에 넣어 두고 쉬는 시간마다 먹게 했다고 합니다.

사실 나는 정상인이 된다는 것이 무엇인지 모르겠어요. 처음부터 나는 이대로였으니까요. 내가 광기 말기이고 더는 약물이나 그 어떤 치료법도 소용없다는 얘기를 들었을 때 나는 걱정하지 않았어요. 그런데 광인 수술에 동의한 이유는 한 가지였어요. 광인을 수술로 치료하는 방법이 지금 이 시대에선 매우 실험적인 것이기 때문이죠. 아주 오래전엔 광인을 연구하고자 정말 뇌를 열어 보기도 했지만 성공하지 못했다잖아요. 그러나 지금은 성공할 가능성이 크고 학술적 가치도 매우 높다는 이야기는 흥미로웠어요. 내 담당 의사는 내게 그런 말을 했거든요.

"어차피, 수술에 성공하지 못한다고 해도 손해 볼 것은 없지요."

"부작용은요?"

"지금으로서는 부작용이 무엇인지도 알 수 없어요. 이 수술은 실험적이지만 비교적 안전한 수술입니다."

나는 안전하다는 말보다 실험적이라는 말 때문에 흥분되었어요.

하지만 나는, 수술 후 무엇이 변했는지 전혀 모르겠어요. 나는 수술을 받기 전에도 글을 쓸 수 있었어요.[50] 단지 정해진 분량 안에서 어떤 글을 얼마만큼 써야 할지 몰랐을 뿐이에요.

　나는 많은 종류의 책을 읽었지만 수술 후기 같은 보고서 작법에 대한 책은 읽어 본 적이 없었어요.

　나는 혼자 있는 시간엔 대부분 책을 읽어요. 나는 책을 읽을 때 열두 권을 골라서 방으로 가져와요. 우리 집엔 책장이 아주 많거든요. 나는 책을 읽다가 다 읽어서 다시 책을 가지러 책장으로 가는 걸 좋아하지 않아요. 나는 대부분 세 권의 책을 다 읽었을 무렵 잠이 들어요. 그런데 늘 열두 권을 고르는 이유는 단 한 번, 내가 아홉 권의 책을 읽고 잠든 적이 있어서예요. 혹시 새로운 사건이 생길까 봐 불안한 거죠. 그 새로운 사건이란, 내가 열두 권까지 책을 읽다가 잠들게 되는 거예요.

　나는 대부분 책을 서너 권씩 섞어서 읽어요. 책 한 권을 처음부터 끝까지 얌전하게 읽어 본 적은 단 한 번도 없어요. 늘 조금씩 번갈아 가며 읽어요. 지구 생태 보고서와 방법서설과 생활 가구 만드는 법을 함께 읽기도 하고 작은언니 방에서

---

50) 물론 그렇습니다. 환자 이연희는 광인 수술 전에도 글을 쓸 수 있었을지 모릅니다. 그러나 썼다고 해도 읽기 어려운 글이었을 겁니다. 물론 그전의 기록이 없기에 대조가 불가능한 것은 안타까운 일입니다.

가져오는 마리 끌레르, 휘가로, 엘르 같은 잡지들을 읽는 사이에 셜록 홈즈 걸작선을 함께 읽어요. 잡지는 광고 페이지엔 쪽 번호가 생략돼 있어서 나는 그것에 쪽 번호를 적어 넣어요. 나는 그 모든 책의 쪽수와 분량을 정확히 삼등분해서 읽어요. 책은 내 마음대로 속도를 조절할 수 있어서 좋아요. 작은언니는 일이 있는 날만 직장에 나가요. 언니는 인터넷 쇼핑몰에서 피팅 모델을 하는데 언니가 예쁜 옷을 입고 찍은 사진들은 언니의 홈페이지에 거의 매일 업데이트 돼요. 나는 웹 서핑을 좋아하지 않지만 작은언니가 인터넷을 할 때 내는 소리를 감상하곤 해요. 작은언니는 인터넷을 하다가 웹 페이지 화면이 멈추면 마우스를 빠르게 딸깍거려요. 나는 작은언니가 마우스를 빠르게 딸깍거리는 소리를 들으면 컴퓨터 화면에 어떤 글씨들이 떠 있는지 안 보고도 알 수 있어요. 나는 작은언니가 마우스를 딸깍거리면 이렇게 말해요.

"인터넷 익스플로러에서 웹 페이지를 표시할 수 없습니다. 가능성이 높은 원인을 말씀드리겠습니다. 인터넷에 연결되어 있지 않습니다. 웹 사이트에 문제가 발생했습니다. 주소에 오타가 있을 수 있습니다. 해결 가능한 방법을 말씀드리겠습니다. 해결 가능한 방법은 마데카솔과 후시딘, 지르텍, 훼스탈, 이가탄, 인사돌, 케토톱, 아스피린, 타이레놀, 게보린, 가

스활명수, 졸피뎀, 트라조돈, 우황청심환, 비코그린, 콘택육
백, 인터페론, 트랭퀼라이저, 디아제팜, 팍실, 플루마제닐, 오
라메디."

　나는 내가 아는 약의 이름을 말해요. 나는 아는 약이 많아
요. 작은언니는 이어폰을 귀에 꽂고 있기 때문에 내가 중얼
거리는 걸 듣지 못해요. 내가 중얼거리는 소리가 들리면 언
니는 노트북을 들고 다른 방으로 가 버려요. 그러면 나는 혼
자 남겨져서 계속 약의 이름을 말해요. 아는 약 이름 말하기
가 다 끝나면 내가 아는 아이스크림의 이름을 말해요. 나는
내가 아는 것들이 끝나는 것을 두려워하며 다시 해결 가능한
방법을 찾아요. 해결 가능한 방법은 처음에 말했던 것을 다
시 반복하겠다고 마음먹는 것뿐이에요. 새로운 것을 말하거
나 새로운 생각을 하려다가 모든 것이 멈추게 된다는 두려움
에서 반복은, 무의미한 반복은 두려움을 해결하는 유일한 방
법이에요.

　작은언니는 대부분 나를 남겨 두고 방을 나갔다가 시간이
많이 지나고 나서 다시 돌아와요. 나는 작은언니가 다시 돌아
올 때까지 시계처럼 쉬지 않고 말을 하고 있기만 하면 돼요.

　작은언니는 피팅 모델 일이 없는 날이면 친구들을 찾아다
니며 수다를 떨곤 해요. 부모님이 나를 데리고 외출하라는 심

부름을 시킨 날이면 자주 교보문고 광화문 점에 가고 그 서
점에 가면 반드시 그 카페테리아에서 언니의 후배를 만나요.
　나는 언니가 싫어하는데도 교보문고 광화문 점에 갈 때는
반드시 목이 늘어지고 색이 바랜 티셔츠를 입어요. 나는 고
등학교에 다니지 않기 때문에 학생증이 없어서 청소년증을
만들었어요. 청소년증을 만들기 위해서는 증명사진이 필요
했기 때문에 나는 문방구 옆 즉석 사진기에서 그 낡은 티셔
츠를 입은 상태로 사진을 찍어야 했어요. 그런데 그 사진은
정말 잘 나왔어요. 티셔츠도 아주 자연스럽게 나왔고 내 표
정도 어색하지 않았거든요. 나는 그래서 외출할 때마다 꼭 청
소년증을 가지고 나가고 되도록 그 티셔츠를 꼭 입어요. 누
군가 내 청소년증을 보고 나라는 것을 믿지 않을 땐 그 티셔
츠라도 보여 줘야 하잖아요. 그 티셔츠는 카페테리아에서 파
는 카페라떼 한 잔 값에 불과해요. 나는 그 티셔츠가 나를 가
려 주는 베일 같아서 좋아요. 사람들은 내 낡은 티셔츠를 보
느라 나의 눈빛이나 나의 표정까지 신경 쓰지 못하거든요. 나
는 그 면 티셔츠 때문에 아주 약간 더 마음대로 표정을 지어
요.[51] 내가 짓고 싶은 모든 표정을 한꺼번에 순서대로 짓기
도 해요. 그러나 밖에 나가서 그런 행동을 하면 작은언니가
싫어하기 때문에 나는 표정 짓기를 하고 싶을 때 속으로 숫

자 세기를 하며 참아요.

　나는 외출을 자주 하진 않기 때문에 매일 그 티셔츠가 필요하진 않지만 어떤 날은 어머니가 빨아 놓은 그 티셔츠가 마르지 않아서 어머니가 다리미로 다려서 말려 주기도 해요. 나는 다림질을 해 보고 싶지만 다림질을 할 때 선이 꼬이지 않게 움직이는 법을 모르기 때문에 다리미는 만지지 않아요.

　내 티셔츠는 너무 촘촘해서 올을 풀 수 없었나 봐요. 아무도 내 면 티셔츠는 건드리지 않았어요. 언니는 내가 교보문고 광화문 점에 갈 때 왜 그 티셔츠를 입는지 잘 몰라요. 그저 자기 스타일을 내가 다 구긴다는 말을 반복할 뿐이죠.

---

51) 이연희는 표정 바꾸기 놀이를 많이 연습한 결과 매우 빠르게 표정을 바꿀 줄 압니다. 만약 일반인이 그렇게 빠른 속도로 다양한 표정 바꾸기를 오랫동안 한다면 텔레비전 방송에 나갈 수 있을 정도로 진기한 장면이죠.

뇌 수술

나는 눈을 뜬 채, 그들이 내 뇌를 여는 것을 느꼈어요. 나는 내 머리뼈가 갈라지는 소리를 들었어요. 그것은 마치 누군가 내 귀를 귀이개로 사각거리며 긁는 느낌이었어요. 나의 깊은 곳을 조심스럽게 긁히는 느낌이 좋았어요. 나는 내 오른쪽 귀를 통해 들어간 손수건이 왼쪽 귀를 통해 나오는 상상을 자주 했어요. 나는 양손으로 손수건을 잡고 한 번은 오른손에 힘을 주어 오른쪽으로 잡아당기고 한 번은 왼손에 힘을 주어 왼쪽으로 잡아당기기를 반복하다가 점점 세게 손수건의 양 끝을 좌우로 잡아당기는 놀이를 해 보고 싶었어요. 그렇게 하면 귓속이 얼얼할 만큼 깨끗해지고 부스러기 하나 안 남을 테고 목젖까지 시원할 것 같았어요.

하지만, 고막 때문에 그것이 불가능하다는 것을 알고 있었기 때문에 나는 고막에 대해 생각할 때 늘 거추장스러운 기분이 들었어요. 뇌가 열리고 의사들이 내 뇌에 뭔가를 할 때의 느낌은 고막 근처, 고막의 경계선에 거미줄처럼 연결된 귀지들, 소음을 흡수해 주는 그 고맙지만 더러운 귀지들을 제거하는 것 같았어요. 아, 정말 시원하고 개운한 느낌. 간지러운 곳이 긁힐 때의 행복한 느낌[52]은 태어나서 처음 느끼는 만족감이었어요.

내가 만족감에 빠진 그 순간 양 간호사가 나의 뇌엔 주름이 많다고 중얼거렸고 순식간에 수술실 밖으로 쫓겨나게 되었어요.[53] 양 간호사는 수술실을 순순히 나가지 않고 자신이 쫓겨나는 이유가 무엇이냐고 물었어요. 내 담당 의사는 환자와 객관적 거리를 유지하지 못하는 것은 의료인으로서 치명적인 약점이라고 대답했어요.

"뇌에 주름이 많다고 말하는 거랑 환자와의 객관적 거리 유지와 무슨 상관인 거죠? 치명적인 비밀을 누설한 것도 아니고 말이에요."

그때 초고속미남이 말했어요.

"주름 사이의 기름을 떼어 내는 것부터 합시다."

그러자 붕어를 닮은 의사가 말했어요.

"뇌의 주름 사이에 낀 기름은 기억과 기억의 격렬한 충돌

---

52) 환자 이연희는 뇌 수술의 과정을 통해 많은 즐거움을 누린 게 분명합니다.

53) 환자가 듣는 앞에서 함부로 주관적인 서술을 하는 것은 위험한 일입니다. 게다가 환자 이연희는 자신의 뇌 주름의 정도를 상상하다가 발작을 일으킬 수도 있는 상황이었습니다. 이러한 양 간호사의 무분별한 태도는 초기에 잡아 주지 않으면 고착화되어서 도저히 뜯어고칠 수 없는 지경이 되고 말 것입니다.

〈자료 6〉 환자 이연희의 노트 중에서

을 완충시켜 주는 중요한 요소야. 자네는 전공 필수 시간에 뭘 배운 거야? 기껏해야 눈에 보이는 색, 본질을 덮는 위선의 껍질 같은 것에 집중하는 방법만을 배운 거야?"

그러자 초고속미남이 말했어요.

"눈에 보이는 것을 제대로 볼 수 있어야 보이지 않는 이면의 본질도 제대로 볼 수 있으며, 모든 사물은 객관적 미를 확보한 다음에 주관적 미를 향해 나갈 수 있는 것 아닐까요?"

갑자기 그곳의 모든 사람들, 나를 제외한 모든 사람들은 주관적 미와 객관적 미를 구분하느라 논쟁[54]을 벌였어요. 나는 왜 내 수술 시간에 이런 논쟁이 벌어진 건지 생각하고 싶지 않아서 다시 시계 초침 소리를 상상하려 노력했고 그러자 또 아이들 틈에서 함께 나를 비웃던 세린이의 얼굴이 떠올랐고

---

54) 우리에게 유일한 낙은 논쟁입니다. 그러나 논쟁을 더 하고 싶어도 지금은 논쟁할 만한 일들이 많지 않습니다. 사람들은 모두 비슷한 생각을 하거든요. 우리가 정상인이라고 부르는 이들, 때론 저를 포함한 우리는 보편적이고 필수적인 것만을 생각한 채 살아가기 때문이지요. 어쩌면 이연희처럼 우연스럽고 일시적이며 무의미한 것들까지 삭제하지 않고 기억하는 것도 나쁘지만은 않을 것입니다. 이연희는 다른 사람들과 다른 것을 더 많이, 더 깊이 볼 수 있으니 이연희의 세계는 독창성을 유지할 수도 있으니까요. 그런 면에서 광기가 사라져 가는 지금의 저는 가끔 비참함이나 수치심에 빠지곤 합니다.

진짜 개처럼 보이기 위해 길게 혀를 빼고 헉헉거리기까지 했던 내가 생각났어요.

우리 반 아이 중 하나가 "나라면, 저렇게 사느니 그냥 죽는다. 죽어."라고 말한 것도 생각났어요. 하지만 나는 어떻게 해서든 조금 더 버티고 살아갈 것이라고 마음으로 생각했어요. 나는 아직 읽지 못한 책도 많고, 나는 청소년증도 있고, 나는 차라리 학교를 그만두는 방법도 있다는 걸 생각해 냈으니까요. 나는 그래서 학교에 가지 말아야겠다고 그때 처음 생각했어요. 쉬는 시간마다 개 짖는 소리나 낼 거라면, 개 짖는 소리가 너무 진짜 같아서 동네 개들이 화답할 지경이라면, 왜 학교에 가야 하는 거죠?

숨어 있는 기억들

나는 그 이야기를 듣는 사이 난생처음으로 내 뇌의 주름 사이의 간지러움을 느꼈어요. 나는 세 명의 의사 중 누구라도 좋으니 내 뇌를 더 긁어 주길 소망했어요. 그때 그 간지러운 부분에 예리한 감촉이 느껴졌어요. 어떤 도구가 내 뇌의 주름 언저리에 닿는 순간, 나는 갑자기 아버지에 대한 선명한 기억들이 떠올랐어요. 아버지는 딱 한 번 우리에게 달걀 프라이를 해 준 적이 있었던 거예요. 나는 그것을 전혀 기억하지 못했는데 내 뇌에 뭔가 닿자 그 장면이 수술 현장과 동시에 펼쳐졌어요. 아버지가 만든 달걀 프라이에는 깨진 달걀 껍데기도 들어 있었어요. 달걀 껍데기를 씹을 때 나는 삐삐가 된 기분이었어요. 원숭이 닐슨 씨가 선반에서 수프 속으로 떨어뜨린 못을 삐삐는 아주 태연하게 씹어 먹잖아요. 나는 잠이 오지 않는 날이면 못을 질겅질겅 씹는 상상을 하며 놀았어요. 내 과거의 귀와 내 현재의 귀는 같은 소리를 동시에 들었어요. 내가 달걀 껍데기를 잘게 씹는 소리와 삐삐가 못을 씹는 소리 말이에요.

그 소리 다음으로 나는 고소한 김구이 냄새를 맡았어요. 그

때 나는 내 뇌의 다른 쪽에 뭔가 닿는 것을 느꼈고 새로운 과거가 그대로 재현되었어요. 아빠가 내 탯줄을 끊으려고 의사 옆에 서 있는데 내 탯줄이 너무 질겨서 아빠가 헛가위질을 하는 장면이었어요.

그때 김 간호사가 다급히 말했어요.

"어머, 선생님, 솜방망이가 뇌에 깊이 닿았어요."

그러자 바로 내 담당 의사는 초고속미남에게 소리 질렀어요.

"얼른 치워. 솜털이 뇌 사이에 낄 뻔했잖아."

내 담당 의사가 간호사를 부르자 간호사들은 뻑뻑한 질감의 무엇으로, 아마 소독용 거즈 같은 것으로 내 뇌의 어느 부분을 닦아 주는 듯했어요. 혹은 아주 약한 전류가 흐르는 전기 자극기로 내 뇌를 자극하는 것도 같았어요.[55]

그 느낌은 정말 그 어떤 정신적 쾌감으로도 이르지 못했던 극도의 정결함과 극도의 황홀경이었어요. 나는 그들이 내 뇌를 그것으로 다 닦아 주었으면 좋겠다는 생각에 빠졌어요. 이

---

55) 뇌 수술에 전기 자극기라니! 이연희 환자의 과대망상이군요. 하긴, 보이지 않는 느낌들에 대해 사람들은 더 과대망상을 품게 됩니다. 저는 지금 지극히 정상적이지만 이연민을 생각할 때면 과대망상에 사로잡히기도 합니다. 사람을 사랑하는 것이 왜 사람에게 타격을 입히는 것인지 이해할 수 없군요.

사실을 부모님에게 말했다면 부모님은 비용이 얼마가 들든 해 달라는 말로 내 담당 의사를 움직였을 거예요. 하지만 나는 여전히 말을 할 수 없는 상태였고 우리 부모님은 그저 멍하니 수술실 밖에서 나를 기다리고 있었지요.[56]

나는 그때 이상한 경험을 했어요. 몇 가지 공간에 동시에 존재하는 기분요. 그러나 그건 기분이 아니라 확실한 진실이어서 내가 수술실의 하얗고 동그랗고 차가운 책상에 누워 있는 것인지, 아니면 내 방 붙박이장 안에서 몰래 과자를 먹는 것인지 구분할 수 없었어요. 그 과자는 왕소라 모양이고 고소하고 달콤해요. 용량은 백오십팔 그램이에요. 한 봉지를 다 먹고 나면 또 한 봉지가 먹고 싶어요. 내가 그것을 너무 좋아하는 걸 보고 작은언니는 팜올레인유가 몸에 좋지 않다는 말을 했고 정백당이나 정제소금이 얼마나 몸에 해로운지 말했어요. 그리고 내가 과자 먹는 소리 때문에 자기도 먹고 싶은 걸 참느라 고생해야 한다며 다시는 왕소라 과자를 먹지 말라고 말했어요.

그래서 나는 왕소라 과자를 먹을 때면 붙박이장 안에 들어

---

56) 수술의 방식을 결정하는 것이 수술 비용 때문일 거라는 생각을 한다는 것이 불쾌하군요. 만약 그것이 사실이라도 불쾌합니다.

가곤 했어요. 붙박이장 안에 들어가면 밖에서 문을 꼭 눌러 닫아 주지 않는 한 문을 완전히 닫을 수 없어요. 어쩔 수 없이 손가락만큼 틈이 생겨요. 하지만 그 틈이 없다면 나는 깜깜해서 더 불안했을지도 몰라요. 한번은 과자를 먹다가 모기를 씹었어요. 나는 과자의 재료를 다시 확인했어요. 과자에서 모기가 나올 수 있다는 말은 어디에도 없었어요. 다른 봉지를 뜯어서 왕소라 과자를 먹고 싶었지만 다른 과자엔 다른 벌레가 들어 있을 테니 그럴 수 없었어요. 모기는 참을 수 있지만, 다리가 더 많이 달린 게 나오면 나는 발작을 일으킬 것 같았어요.

나는 그 과자의 달콤한 냄새 때문에 배가 고파졌어요. 그 냄새가 얼마나 생생한지, 하얗고 동그랗고 차가운 책상 위에 누운 내 바로 옆에, 그 과자가 있는 것처럼 생각되었어요. 어떻게 두 가지 일들이 이처럼 명확하게 느껴지는 것인지 내 담당 의사에게 묻고 싶었어요. 그러나 그 냄새는 한순간에 사라졌어요. 갑자기 나는 차가움 때문에 놀랐어요. 이번엔 의사들이 내 뇌 다른 부분을 건드렸고 그러자 나는 욕실에 있었어요. 작은언니가 내 뒤 머리카락이 엉켰다며 물뿌리개에 들어 있는 차가운 물을 내 머리에 분사하는 중이었어요. 우리는 성탄절 기념 피아노 독주회에 가기 위해 준비하는 중이었어요. 어머니의 여동생의 딸, 그러니까 내 사촌은 피아니스트예요. 나는 그곳에 가고 싶지 않았지만 참아야 했어요. 작은언니는 큰 빗으로 내 머리를 빗겨 주다가 포기해야겠다고 말하며 내 머리는 미용실에서 손질하는 것이 좋겠다고 했어요. 내가 그 말을 듣고 고개를 저으며 싫다고 하자 작은언니는 움직이지 말라고 했어요. 언니는 내 머리를 조물거리다가 한숨을 쉬더니 자기 방으로 데려갔어요.

나는 작은언니 방에 가는 것을 좋아하지 않는데 그건 지독한 향수 냄새 때문이었어요. 언니는 너무 많은 향수를 모았고 결국 향수 진열대까지 샀어요. 작은언니는 뜨겁게 달구어진 전기 매직기로 내 곱슬머리를 펴기 시작했어요. 나는 그날 정장을 입고 내가 좋아하는 목이 늘어난 면 티셔츠 위에 검은색 블라우스를 입었어요. 추워서 검은 블라우스를 한 겹 더 입은 것이 면 티셔츠를 가려 준다며 작은언니가 좋아했어요.

추운 건 수술실의 책상도 마찬가지였어요. 작은언니는 내 헤어스타일이 마음에 들지 않는다며 이번엔 머리카락 끝 부분만 동그랗게 말아 주는 고데기를 가져와서 내 머리카락들을 계속 고부라지게 만들었어요. 나는 작은언니에게 고데기로 머리를 동그랗게 말리며 계속 수술대 위에 누워 있었어요. 그리고 고소한 냄새가 났어요. 언니가 고데기로 내 머리를 태웠기 때문이에요. 나는 수술대 위의 하얗고 동그랗고 차가운 책상 위에서 그 냄새를 맡았어요. 왜 나를 눕혀 놓은 수술대는 일반적인 병실에서 볼 수 있는 수술용 침대가 아니라, 하얗고 동그랗고 차가운 책상인지 다시 궁금해졌어요. 나는 처음부터 계속 틈틈이 그것을 궁금해했는데 내 머리가 타는 냄새를 맡는 순간 그 궁금증이 커졌어요. 언니는 내 머리카락 손질을 마친 후 내 얼굴에 메이크업 베이스를 발랐어요. 작은언니의 손이 따뜻한 건 다행이었어요. 작은언니는 나를 치장해 줄 때만 내게 친절해요. 그건 언니가 누군가를 치장해 주는 일을 무척 좋아하기 때문이지 나를 좋아해서는 아니란 얘기예요.

기억들이 지금 여기에서 동시에 현실처럼 펼쳐지는 것은 정말 낯선 일이었어요. 나는 내가 살아온 모든 순간이 잊혀지거나 지워지지 않고 내 뇌, 혹은 이 세상 어딘가에 그대로 숨어 있다는 것을 알게 되었어요. 숨어 있는 것과 없는 것은 철저히 달라요. 나는 내 친부모가 나를 이 집에 맡겨 두고 숨어서 나를 지켜보고 있다는 것을 잘 알고 있어요. 지금 나를 길러 주는 어머니 아버지 뒤에 나를 낳은 엄마 아빠는 그림자처럼 숨어 있어요. 없지 않고 있는 거죠.

의사들이 내 뇌의 다른 부분을 건드릴 때마다 나는 주름 사이에 넣어 놨던 기억들과 만났어요. 나는 그 순간 알았어요. 내가 어제와 그제를 기억하며 그것을 똑같이 기억해 내는 것과 실제 내 뇌가 저장한 기억에 차이가 있다는 걸요. 내 뇌가 저장한 기억은 내 감정이 개입되지 않은, 있는 그대로의 현실이었어요. 그러나 내가 찍은 사진 같은 기억들은 그렇지 않았던 거죠. 나는 내가 원하는 부분만을 기억했던 거예요.57)

어쩌면 사진들도 진실이 아닐지 몰라요. 네모난 사진틀 안에 들어온 세계는 이미 사진사가 선택한 세계예요. 작은언니는 자기 홈페이지에 가족사진을 올리기도 하는데 내 사진은 많이 올리지 않아요. 큰언니와 나와 작은언니가 얼굴에 오이를 썰어 올려놓고 웃는 사진도 거짓이에요. 큰언니도 나도 얼굴에 오이를 올려놓는 걸 좋아하지 않아요. 그건 작은언니가 그런 사진을 찍고 싶다고 해서 잠시 올려놓은 소품이었어요. 그리고 우리가 웃었던 건 우리의 모습이 보이는 카메라 렌즈

---

57) 사람의 행위가 완전하게 객관적일 수 없다는 것에 저도 동의합니다. 그전엔 몰랐던 것을 이연희의 글을 통해 알게 된 거죠. 제가 환자에게, 그것도 정신 질환을 앓는 환자에게 무엇을 배울 수 있다는 사실은 제 보고서가 협회의 탁월하고 안정적인 모든 의사에게 조금이나마 도움이 될 수 있다는 가능성을 열어 줍니다. 조심스러운 얘기입니다만 협회에서 저를 다시 받아 줄 수는 없을까요.

에 비친 우리의 얼굴이 한심해서였어요. 작은언니가 새로운 카메라를 산 뒤 우리는 가끔 작은언니에게 시달렸어요. 두 언니와 닮지 않은 나의 동공의 크기, 속눈썹의 길이 같은 섬세한 비밀들은 작은언니의 손바닥만 한 디지털카메라에 차곡차곡 저장됐어요.

수술실의 하얗고 동그랗고 차가운 책상에 누워서 작은언니의 손가락이 내 얼굴을 두드리는 것을 느끼고 있을 때 붕어를 닮은 의사가 말했어요.

"조금 더 잘라 내!"

나는 의사들이 내 뇌를 너무 많이 잘라 내면 어떻게 하나 걱정됐어요.[58] 의사들이 불필요하다고 생각하는 것이 내게는 가장 중요한 것일 수도 있기 때문이에요. 나는 고소하고 달콤한 왕소라 과자에 대한 기억을 잃고 싶지 않아요. 그리고 왕소라 과자가 들어 있는 그 붙박이장, 붙박이장 서랍에서 찾았던 초록색 스웨터도 잊고 싶지 않아요. 나는 초록색 스웨터 이야기가 나왔기 때문에 다시 수술에 관해 기록하려고 노력해요. 이런 기법을 알게 된 건 보고서를 작성하는 데 매우 도움이 되는 것 같아요.

---

[58] 박태민 의사가 잘라 내라고 한 것은 수술용 거즈였어요. 뇌를 잘라 내다니요!

"시계를 봐, 점심시간이야."

누군가 말했고 나는 시계를 보았어요. 수술실 안의 모든 사람이 시계를 보았을 거예요. 시계를 보라는 말은 수술실이 아닌 수술실 밖, 혹은 사람들 각자의 마음속에서 들려온 것처럼 좀 이상한 방식으로 전해졌어요. 그건 마치 자명종을 새벽 다섯 시에 맞춰 놓고 자면 자명종이 울리는 꿈을 꾸고, 네시 오십구 분에 일어나게 되는 현상 같았어요. 소리에 어떤 독특한 파장이 있어서 소리가 귀에 울리기 전에 소리의 예감이 먼저 귀에 닿는 것일까요?

수술실의 모든 사람은 모든 것을 멈췄어요. 모두 동시에 말이죠. 수술도, 분쟁도, 환자에 대한 최소한의 예의도, 자신들이 벌인 일을 종결하고자 하는 의지도 모두 다 멈췄어요. 그리고 한 명씩 수술실을 빠져나갔지요. 붕어를 닮은 의사는 초고속미남에게 뇌의 봉합은 점심 후 돌아와서 하자고 말했어요. 나도 그들을 따라 잠시 수술실을 벗어나고 싶었어요. 나의 실험적 생애도 잊고요. 그러나 나는 핏줄 몇 가닥의 놀라운 구속력 때문에 감히 움직일 수 없었어요.

다행히도 마지막까지 수술실에 남아 있던 김 간호사가 내 눈을 감지 못하게 하던 장치를 제거해 주었어요. 김 간호사는 그 장치를 제거하다가 내 눈을 찔렀어요. 그러고는 동공이 아니라 다행이라고 말했어요. 그래도 걱정이 됐는지 돋보기로 내 얼굴을 자세히 살폈어요. 그리고 중얼거렸어요.

"이미 동공엔 상처가 많네. 하지만 동공 반사는 정상이군. 눈썹도 한 가닥이 남아 있어."

김 간호사는 계속 나의 눈썹 한 가닥에 관해 말했어요. 장난스럽고 권위적인 말투가 교묘하게 섞여 있었죠. 나는 김 간호사가 하는 모든 말이 거짓[59]일지도 모른다고 생각했어요. 그리고 김 간호사는 내 치아에 부착했던 장치를 제거하고 인공호흡기를 다시 해 줬어요. 나는 억지로 김 간호사에게 고맙다는 말을 하려고 입술을 뗐어요. 하지만, 엉뚱한 말이 튀어나오고 말았어요.

"나를 내버려 두고 당장 꺼져!"

나는 김 간호사가 놀랐을까 걱정됐어요. 그러나 김 간호사는 조금 웃으며 인공호흡기를 다시 뺐어요. 나는 그제야 인공호흡기 안에서 중얼거렸다는 것을 깨달았어요. 어쨌든 내

---

59) 어쩔 수 없이 고백합니다만, 이 수술은 속임수는 아니지만 진실과 허구가 뒤섞여 있는 것은 사실입니다. 하지만 이 수술은 진실과 허구 이상의 아름다운 것임엔 틀림 없습니다. 독창적인 모든 것은 아름다운 법이니까요.

말대로 김 간호사도 수술실을 나가고 나는 수술실에 혼자 남았어요.

혼자라는 것을 인식하는 순간 내 심장이 고무풍선처럼 부풀었다가 갑자기 팍 소리를 내며 터질 것 같았어요. 하지만, 나는 내 핏줄 때문에 진정해야 했어요. 나는 의사들이 점심을 오래 먹지 않을 거라는 희망적인 생각을 했어요. 어쩌면 의사 중 한 명이 식욕이 없거나 내가 걱정돼서 다시 수술실로 들어올지도 모른다는 기대도요. 그러자 마음이 좀 더 안정되었어요. 오랜만에 스스로 길게 심호흡을 하는 순간 시계 초침 소리가 점점 크게 들려왔어요. 열려 있는 내 뇌의 주름 틈으로 시계 초침 소리가 파고들며 새로운 기억을 저장하기 시작했어요.

나는 그 소리 때문에 뇌를 열어 놓은 채 비교적 편안하게 눈을 감았어요. 그리고 계속 생각했어요. 생각을 멈출 수는 없으니까요. 의사들은 점심을 마친 후 깨끗하게 이를 닦고 손을 씻고 가운을 입고 모자와 마스크를 착용하고 내게로 올 거라고요. 나는 수술을 마치고 다시 내 핏줄을 몸속으로 집어넣고, 잠시 붉은 털실 공이 되어 있는 내 초록색 스웨터를 다시 뜨개질해서 입고, 깁스를 풀고 내 찢어진 바지를 다시 꿰매서 입고, 내 황토색 더플코트를 다시 조각조각 꿰매어 붙여 입고 수술실을 나갈 거라고요. 그리고 집으로 가는 거죠. 완전한 타인도 완전한 가족도 아닌 내 가족들에게로요.[60] 그런 다음 나는 내 방에서 부드러운 잠옷으로 갈아입고, 숙면 양말을 신고, 침대 위로 올라가서 눕겠지요. 언젠가 내 초록색 스웨터가 서랍 뒤로 넘어갔던 그 붙박이장 쪽을 향해 눕고 나서 진짜로 잘 거라고요.

나는 시계 초침 소리에 맞춰 입을 열었어요.

"의사들은 점심 후 커피를 한 잔씩 마시고 새로운 수술용 가운을 입을 거야. 의사들의 수술 가운은 몇 조각으로 분리될 수 있을까. 의사들은 수술 준비를 마치고 수술실로 들어올 것이며 시계 초침 소리를 듣게 되겠지."

나는 시계를 보았어요. 시계는 여전히 일정한 속도로 움직이고 있었어요. 나는 그동안 내 기억 속에서 보았던 그 시계의 모든 장면, 사진처럼 또렷하게 기억나는 시계의 분침과 초침과 사십 주년 기념이라는 글씨 같은 것들을 흐릿하게 지우고 싶다는 생각이 들었어요. 그 대신 나는 시계 초침이 움직이는 소리가 내게 주었던 안도감 같은 것을 더 천천히 느끼

---

60) 수술 후에야 저는 이연희가 큰아버지 집에서 자란 양자임을 알았습니다. 이연희의 가족들은 이연희가 이 사실을 알고 있었다는 것을 인정하지 못하더군요.

고 싶었어요. 의사들이 수술실에 다시 들어오면 여전히 살아 있는 나와 여전히 죽지 않은 시계로 안도감을 느낄 것이라는 생각이 들었어요. 누군가 나 때문에 안도감을 느낄 수 있다는 것을 나는 처음으로 깨달았어요.

　나는 천천히 시계 초침 소리의 박자에 맞춰 말했어요.

　"안도감을 느낀 의사들은 내 열려 있는 뇌를 다시 닫을 것이고 내 몸 밖으로 잠시 나와서 내 몸을 감은 나의 핏줄들을 다시 조심스럽게 내 몸속으로 넣어 줄 거야. 그다음 붉은 털실 공으로 다시 초록색 스웨터를 만들어서 내게 입혀 주고, 깁스를 제거하고, 잘린 바지 조각을 연결하고, 드디어 다시 박음질된 내 황토색 더플코트를 내게 입혀 주겠지. 그러면 나는 이 하얗고 동그랗고 차가운 책상에서 내려가서 책상 앞에 준비된 편안한 나무 의자에 앉을 것이고 의사들은 내게 공책과 연필과 지우개를 줄 거야. 나는 잘 깎은 연필을 사각거리며 종이를 긁고 글씨가 틀리면 부드러운 지우개로 말끔하게 지워 낼 거야. 글씨가 종이에서 지워지면 나는 내 기억 속에서도 그 글씨를 부드럽게 지울 수 있겠지."

　그리고 나는 그 소리, 연필이 공책 위에서 살아가는 소리에 귀를 기울였어요. 하얗고 동그랗고 차가운 책상 위에 누운 나는 내 열려 있는 뇌의 뚜껑으로 바람이 들어오는 것을 느꼈어요. 뇌가 열린 채 의사를 기다리며 나는 내 뇌의 주름이 보고 싶어졌어요. 나는 뇌의 주름이 모두 깨끗하게 펴지고 주름 사이에 끼어 있는 모든 기억을 지워도 좋겠다는 생각을 했어요. 처음으로 내 기억에 대한 애착을 내려놓은 거예요.

주름을 모두 펴고, 기억을 모두 지우고, 주름을 모두 펴고, 기억을 모두 지우고, 주름을 모두 펴고, 기억을 모두 지우고, 주름을 모두 지우고, 기억을 모두 지우고, 주름을 모두 지우고……

나는 주름이 지워지고, 기억이 지워지고, 내가 지워지는 것이 두렵지 않았어요. 나는 내 몸을 감은 핏줄을 끊고 책상 위에 앉았어요. 하얗고 동그랗고 차가운 책상 위로 한 방울 두 방울 핏방울이 떨어졌어요.[61] 혼자인 나는 수없이 많은 핏방울들로 이루어진 거대한 핏방울이었어요. 나는 말을 뽑아내듯 천천히 내 핏방울로 수술실을 적셨어요.

나는 서서히 깊은 잠 속으로, 마치 연필이 종이 위를 걸으며 하나의 세계를 만들어 내듯, 낯선 세계로 천천히 걸어 들어갔어요. 하얀 책상 위로 블루블랙 빛깔의 잉크가 한 걸음씩 자국을 남겼어요.

---

61) 우리는 예상치 못했던 바로 이 순간을 기다렸습니다.

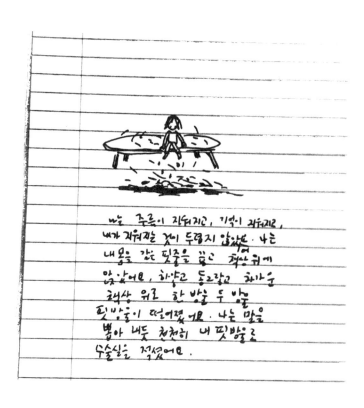

나는 주름이 자위지고, 기억이 자위지고,
내가 지위지는 것이 두렵지 않았다. 나는
내 몸을 잃은 핏줄을 끌고 책상 뒤에
앉았어요. 하얗고 동그랗고 하나도
책상 위로 한 방울 두 방울
핏방울이 떨어졌기요. 나는 맑을
빨아 내듯 천천히 내 핏방울로
수술실을 적셨어요.

〈자료 7〉 환자 이연희의 노트 중에서

이것이 전부예요. 내가 수술에 대해 기억하는 것은요. 그후 내게 무슨 일이 있었는지는 기억나지 않아요. 내가 내 방침대에서 깨어났을 때 나의 머리카락은 모두 자라 있었고 붉은 털실 공은 다시 초록색 스웨터가 되어, 꿰맨 자국이 남아 있는 내 청바지와 함께 내 침대 협탁 위에 놓여 있었어요. 그리고 내 황토색 영국제 더플코트는 다시 박음질 되어 내 방문 중앙에 달린 고리에 느긋하게 걸려 있었죠.

나는 이 정도면 괜찮아요. 좋지 않은 장면들이 내 생각 속에 숨어 있기는 하지만 나는 실험적인 수술도 잘 마쳤잖아요. 나는 교실에서 푸들처럼 네발로 기어 다니거나 혀를 길게 빼거나 짖어 대긴 했지만 누군가를 괴롭힌 적은 없어요. 나는 비웃음거리가 된 적은 있지만 누군가를 비웃지 않았어요. 그리고 나는 그 모든 기억을 다 내 뇌 속에 정확히 저장하고 있지만 아무에게도 원수 갚지 않을 거예요.[62] 나는 핏줄을 끊을 만큼 용감하고 특별한 아이니까요. 그리고 이제 내 연골은 굉장히 튼튼하고 이제 내 발은 아기 발처럼 보드랍기 때문에 부끄러울 것이 하나도 없어요. 내가 한때 교실에서 친구들의 놀

---

62) 저는 환자의 사생활에 개입하지 않으려고 애썼지만 이 부분에 대해선 가만히 있을 수 없었습니다. 최대한 정중하고 적당한 절차의 복수를 했음을 밝혀 둡니다.

이용 개였다는 것은 내 발톱이 잠시 깨졌던 기억과 다를 게
없는 그냥 그렇고 그런 흔한 기억 중 하나일 뿐이에요.

나는 여전히 시계 초침 소리를 들을 때마다 나를 비웃던 세
린이와 내가 짖어 대던 소리와 무릎으로 교실을 돌아다닐 때
느꼈던 통증 같은 것을 그대로 기억하지만, 그 기억보다 더
멋진 기억들을 가지게 되었잖아요.

나는 하얗고 동그랗고 차가운 책상 위에서 의사들과 간호
사들의 다툼과 화해를 이겨 냈고, 오랜 시간 서랍 뒤에 끼인
채로도 여전히 초록색인 채로 버텨 낸 내 용감한 스웨터도
올이 풀렸다가 다시 짜여지는 멋진 일을 경험했으니까요.

만약 누군가 광인 수술을 고민하고 있다면 나는 한때 광인
이었던 내 담당 의사 김광호 선생님을 추천하겠어요. 혹은 더
용기 있는 누군가는 어쩌면 스스로 자신의 뇌를 열고 주름
사이에 기생하는 벌레들을 잡아내거나 지나치게 길고 주름
이 많은 뇌의 일부분을 잘라 낼 수도 있겠지요.

나는 이제까지 무엇이 되고 싶다는 생각을 해 본 적이 한
번도 없었어요. 그런데 이번 수술을 통해 나는 내가 할 수 있
을 것 같은 몇 가지 일들을 생각해 냈어요. 그건 바로 또 다
른 보고서를 써 보는 일이에요. 내가 겪은 이 수술 보고서를
다른 시각에서 써 보는 거지요. 이 보고서에 다 쓰지 못한 이

야기들이 무척 많아요. 그땐 의사 선생님이 가르쳐 준 보고서 작성법 따위는 다 잊고 내 마음대로 써 볼 거예요. 그리고 그 보고서에는 내가 왜 그토록 초록색 스웨터에 집착했는가에 대해서 마음껏 써 댈 거예요. 나는 학교에 가지 않아도 되고 개 짖는 소리 따위는 내지 않아도 되니 마음껏 글쓰기에 빠져들어도 되겠지요. 분량 따위도 신경 쓸 필요 없을 테고요. 아마 이제는 김광호 선생님을 만날 시간도 없을 것 같아요. 나는 쓰고 싶은 것들이 너무 많거든요. 선생님은 수술 결과에 만족하실지 모르겠는데요. 나는 충분히 만족하고 있어요. 이제 나는 그 어떤 치료도 받지 않을 거예요. 그런데 궁금한 것이 있어요. 도대체 이 수술은 어떤 사람이 받아야 하는 거지요? 누가 광인이고 누가 정상인이라는 걸까요? 수술을 받아야 할 사람은 개 짖는 소리를 내다가 심지어 쥐를 물어 오기까지 한 내 자신이 아니라, 그런 나를 보며 즐거워한 우리 반 아이들이 아닌가요? 미심쩍은 것들이 많이 있지만 우선은 여기까지 해 둘게요. 김광호 선생님, 그럼 안녕.

추신: 우리 큰언니는 선생님에게 조금도 관심이 없어요.

나가며

수술 이후 환자 이연희는 개 짖는 소리에 집중하거나, 같은 단어를 반복하는 따위의 행위를 멈추게 되었습니다. 무엇보다 큰 변화는 수술 후 이연희 양이 글쓰기와 목공예 등에 취미를 갖게 되었다는 것입니다. 이연희 양은 여전히 학교생활은 하고 있지 않지만 그 외의 일상적인 일들을 스스로 처리하는 데 어려움을 겪지 않고 있습니다. 이연희 양의 증상을 여러 가지 병명으로 규정했던 전문의나 상담사, 교사 들은 너무나 태연해져 가고 있는 이연희 양을 확인하고 반가운 충격에 빠져 있습니다. 또한 저의 광인 수술 방식에 많은 관심을 가지고 있습니다.

저는 이 수술의 방식을 아직 정식적인 방법으로 공개하지 않을 예정입니다. 다만 환상과 실재가 뒤섞인 환자의 수술 보고서만을 협회에 제출합니다. 만약 이 보고서를 읽고 저를 다시 '오만한 신경정신과전문의 협회'의 회원으로 받아 주신다면 이 수술에 관한 과학적이고 진실된 수술 보고서와 논문을 협회와 학회에 제출할 예정입니다.

또한 이 수술은 환자 각 개인에 따라 수술 방식이나 소요 시간에 매우 큰 차이가 있음을 알려 드립니다. 본인은 현재 십팔 세의 남성 환자에게 광인 수술을 시도하기 위해 사전 절차를 진행 중에 있습니다. 좀 더 안정적인 여건에서 보다 많은 환자들에게 도움을 줄 수 있도록 저에게 기회를 주시기 바랍니다.

끝으로 이 보고서를 통해 어쩔 수 없이 드러나게 된 연애사 등에 대해선 저도 반성하는 바입니다. 그러나 이 수술과 환자의 언니와의 관계는 서로 영향을 주고받지 않았음을 주장합니다.

이 보고서를 쓴 뒤 이연희 양은 하루가 다르게 더욱 호전되어 가고 있습니다. 만약 수술 직후가 아닌 좀 더 호전된 요즘에 보고서를 작성했다면 더 논리적인 보고서를 작성할 수 있었을 것입니다. 그러나 다소 서사 방식에 불편함이 있더라도 생생한 현장감을 그대로 기록해 둘 수 있었다는 점에서 이 보고서는 많은 의미를 지닙니다. 현재 이연희 양은 '초록 스웨터'라는 제목의 장편 소설을 집필하고 있습니다. 그소설은 자신의 친모가 친모라는 사실을 숨긴 채 보내 온 초록 스웨터에 관한 이야기입니다. 그 소설의 뛰어난 안정감으로 인해 가족들은 많은 희망을 걸고 이연희 양의 집필을 응원하고 있습니다. 소설이 완성되는 대로 이연희 양의 동의를 언어 협회에 소설을 제출토록 하겠습니다.

이상 광인 수술 보고서를 제출합니다. 이번 겨울은 더럽게도 춥군요. 젠장. 어서 봄이 와야 하는데 말입니다.

- 단 한 순간도 의사가 아니었던 적 없는 김광호

| 작가의 말 |

어른들에겐 쓸모없는 이야기들

나는 어른의 눈으로 보기에 쓸모없을 만한 일들로 사춘기 시절을 보냈습니다. 문고판 책, 영화 포스터, 엽서, 편지지, 스티커 등을 구두 상자에 한가득 모았고, 거의 온종일 일기장에 뭔가를 그리거나 새벽까지 음악을 듣느라 학교에 자주 지각을 했습니다. 아침마다 머리를 감고 물이 뚝뚝 떨어지는 채로 학교에 달려가곤 했어요. 수업 시간에 친구들과 주고받은 쪽지가 늘 가방에 가득했으며, 쉬는 시간이면 매점으로 달려가서 친구들과 감자 과자를 사 먹으며 수다를 떨었고, 체육 시간엔 나무 틈에 숨어서 새들에게 먹이를 주다가 선생님에게 걸려서 벌을 서기도 했습니다. 도서관에서 빌려 온 문예지 과월 호를 교실 창틀에 쌓아 놓고 단편 소설과 시를 읽었어요. 야간 자율 학습 시간에 친구들의 앞머리를 잘라 줬고, 시험 기간이 되면 더 흥미롭게 느껴지는 텔레비전을 보고 방에 누워 소설책을 읽느라 공부할 틈 없이 바빴지요. 물론 크고 작은 고민도 많이 했어요. 우리가 왜 이런 수레바퀴 아래에서 숨죽이고 살아가야 하는지를요. 어른들의 눈으로 보기에 쓸모없을 그러한 여백이 많기에 나는 나 자신에 대해 고민하고 질문하며 충분히 절망하는 청소년기를 보낼 수 있었고, 혼란스럽고 힘겨운 청소년기를 견뎌 낼 수 있었습니다. 그래서인지 나는 지금 이렇게 여백 없는 시절을 떠밀려 가고 있는 청소년을 보면 마음이 아픕니다. 충분히 고민해도 힘든 시기를 입시 공부와 경쟁에 치여 허덕여야 하니까요.

어른들이 아이들에게 빼앗은 것이 너무 많은 것 같습니다.《광인 수술 보고서》에도 어른들이 만든 기울어진 세계에 내몰린 청소년이 등장합니다. 기울어진 세계에 살려면 함께 기울어져야 편하게 살아갈 수 있을까요? 아니면 각자의 마음속을 지탱하는 다림줄을 붙잡아야 하는 걸까요? 조화롭지 못하고 이해받지 못하더라도 각자의 좁은 길로 걸어갈 수 있다면 얼마나 좋을까요. 서로 지치지 말자고 응원하면서요.

지금 이 시대를 살아가고 있는 청소년들은 그 어느 때보다 절망의 시간을 보내고 있습니다. 여러분을 지켜 주지 못하고 무능력한 어른으로 살아온 나의 잘못을 용서해 주세요. 그동안 나는 많은 잘못을 저질렀고 많은 용서를 받으며 살아왔지만 이 잘못을 갚을 길을 잘 모르겠습니다. 나는 요즘 틈만 나면 그 방법을 찾아 헤매고 있지만 아직 답을 얻지 못했습니다. 어쩌면 시간이 걸릴지도 모르겠어요. 그저 지금 내가 할 수 있는 일을 하겠습니다. 부족하고 엉성하더라도 글 쓰는 일을 멈추지 않을 것이며 치열하게

기도할 겁니다. 앞으로도 무모하고 여백이 많은 삶을 살며 계속 우리들의 이야기를 쓸 것입니다. 어른들에겐 한심하고 쓸모없는 그런 이야기를요. 부디, 기울어진 이 세대에 길들지 말고 살아가 주세요. 나는 청소년 여러분이 즐거워할 때 함께 즐거워하고 울 때 함께 울며 끝까지 함께하겠습니다.

　주인공 이연희의 노트를 직접 적고 그림을 그리는 작업은 작품을 마무리하는 저에게 위로가 되었습니다. 책을 정성껏 만들어 주신 출판사에 감사드립니다. 이 책의 해설을 써 주신 김지은 선생님께도 감사드립니다. 그리고 부족하고 허물 많은 저를 작가의 길로 인도해 주신 하나님께 감사드립니다. 천천히 계속 끝까지 글을 쓰겠습니다.

2014년 늦은 봄
송미경

| 작품 해설 |

철벽같은 세상을 향한 작은 흠집 내기
누가 광인인가

김지은(문학 평론가, 동화 작가)

모든 것에는 겉과 속이 있다. 물체에는 외부와 내부가 있으며 행위도 그렇다. 사과의 껍질은 붉으나 안은 희다. 이른 아침 딸에게 잔소리를 퍼부었던 어머니가 하교하는 시간, 아이의 책상에 사과 한 알과 '미안하다. 든든히 먹고 가라'는 쪽지를 올려놓았다면 그가 가져다 놓은 사과는 단순한 오후 간식이 아닌 '사과'의 의미를 담은 것일 수 있다. 겉과 속은 분리되지 않고 제3의 의미를 형성하여 하나의 정체성을 만든다. '귤 한 알과 미안하다'와 '사과 한 알과 미안하다'가 마음에 다른 파장으로 와 닿는 것은 그런 까닭이다.

문학 작품도 마찬가지다. 작품의 형식은 내용과 어우러져 고유의 정체성을 구성한다. 한 편의 소설에서 형식은 사용되는 낱말, 문장, 문단의 길이와 수사법 등 여러 가지 요소를 통해서 나타나는데 작가는 자신이 작품 안에 담고자 하는 내용을 가장 효과적으로 드러낼 수 있는 외연적 방법이 무엇인지 끊임없이 고민하고 썼다 지우면서 새로운 방식을 시도한다. 그런 점에서 글을 쓴다는 것은 가설과 실험의 결과물이다. 내용과 형식이 제3의 의미와 공감을 이끌어 내야 한다는 점에서 글쓰기는 매우 변증적인 실험이다.

《광인 수술 보고서》는 작품의 겉과 속이 놀라운 일치를 향해서 나아가는 작품이다. 이 변증적 실험은 독자에게 '읽는다는 행위'에 대한 전혀 새로운 경험을 가져다준다. 작가는 '광인'으로 규정된 한 여학생의 부드럽고 치열한 고통을 드러내기 위해서 가장 딱딱하고 논리적인 서술 양식을 사용했다. 이 소설은 김광호라는 신경 정신과 전문의가 '오만한 신경정신과전문의 협회'에 제출하는 의학 보고서 형식으로 되어 있기 때문에 서문과 논문 요약과 각종 주석과 각주가 달린 형식을 띤다. 보고서라는 객관적인 양식은 독자들에게 주인공이 겪는 혼란스러운 사건으로부터 일정한 거리를 유지하도록 틈을 만들어 준다.

그러나 독자는 보고서를 읽기 시작하면서 이 사건으로부터 자신을 쉽게 떼어 놓을 수 없다는 것을 깨닫는다. 보고서의 외피는 의사 김광호가 제공하고 있지만 그 내피는 다시 주인공인 환자 이연희의 독자적 서술로, 논리로 설명해 낼 수 없는 뭉클하고 울컥한 '말 너머에 숨겨진 속말'을 토하는 방식으로 진행되기 때문이다. 작가 송미경의 실험은 우리를 당황시킨다. 그러나 처음의 어지러움을 딛고 이 이야기에 본격적으로 접속하는 순간, 겉은 딱딱하고 속은 말랑한 어둡고 거대한 공 안쪽으로 헤엄쳐 들어가는 느낌을 받는다. 우리가 만져야 하는 진실은 이 공의 깊은 안쪽 면에 있다.

독자는 물론 이연희 자신도 수술이라는 파격적인 경험이 아니었다면 결코 보여 주지 못했을 그의 비밀스러운 내면으로 스스로 헤엄쳐 들어가야 한다. 횡설수설하던 이연희는 수술이 진행되면서 점차 말의 결을 되찾고 생각을 선명하게 내놓기 시작한다. 독자는 그의 주관적 문법에 매료되면서 객관적이고 실체적인 진실을 이해한다. 일종의 해설자로 등장하는 수술 집도의 김광호는 이 변증적 상호 작용의 중심을 잡아 주고 있지만 어느 결정적 순간에는 주인공과 독자가 직접 만날 수 있도록 말을 아끼고 침묵해 버린다. 하얀 책상에 누워 '광인 수술'을 받은 것은 표면적으로 환자 이연희이지만 책을 다 읽고 났을 때 실제로 마음속을 수술받은 기분이 드는 것은 독자들이다.

간추리자면 이 작품은 광인 이연희가 의사 협회로부터 퇴출된 김광호에게 특별한 수술을 받은 다음 정상인과 광인의 경계로 되돌아가는 과정을 이연희의 눈과 김광호의 보고서 양식이라는 이중적 장치를 통해 들여다본 글이다. 김광호는 이 수술이 '속임수는 아니지만 진실과 허구가 뒤섞여' 있으며 '진실과 허구 이상의 아름다운 것'이었다고 기록하고 있다. 이 작품은 러시아 인형 마트료시카처럼 이야기를 한 겹 벗겨 내면 다른 사연이 기다리는 겹겹의 구조로 되어 있다. 광인 수술은 하얀 책상에서 진행되며 간호사와 의사 들이 이연희가 입었던 더플코트의 박음질을 풀고 스웨터의 올을 푸는 것과 함께 시작된다. '올을 푼다'는 행위는 문제의 '실마리를 푼다' 또는 맺힌 '한을 푼다'는 행위와 절묘하게 맞닿으면서 이연희의 엉켜 버린 과거를 하나하나 풀어낸다. 처음에 독자의 관심은 이연희가 왜 광인 수술을 받게 되었는가에 집중된다. 이연희에게 광기 말기 판정을 내렸던 의사 김광호는 광기의 종말은 '짐승이 되는 것'이라고 말한다. '인간이 불운한 이유는 인간 이외의 다른 것이 될 여지를 가지고 있기 때문'이라는 것이다. 그러자 이연희는 자신이 곧 짐승이 되는 것이냐고 묻지만 김광호는 '그 말은 그런 의미가 아니'라고 말한다. 이 모순된 대화는 정작 광기 어린 것은 이연희가 아니며 수술받아야 할 대상도 그가 아님을 암시한다. 이연희는 '보지 않아도 되는 것을 보고 기억하지 않아도 되는 것을 세밀하게 기억하는 증세'를 가지고 있는데 정작 이연희 주위에 있는 사람들, 아버지, 어머니, 언니들, 담임 교사 등은 반드시 기억하고 보아야 하는 것을 보지 않거나 못 본 것으로 여기면서도 버젓이 정상인으로 행세하며 살아가고 있다. 이연희가 이 낯설고 기이한 수술을 받기로 결정한 것은 이런 사람들에게 둘러싸인 상태에서는 자신을 고통스럽게 만든 문제를 더 이상 누구에게도 고백하고 도움받을 수 없다는 절박한 심정의 표현이라고 볼 수 있다.

그렇다면 이연희의 문제는 무엇이었을까? 심한 곱슬머리였던 이연희는 같은 반 학생들에게 이유 없이 가혹한 집단 따돌림을 당한다. 그 공격의 선두에 서 있는 사람은 절친했던 세린이다. 세린이는 이연희를 '푸들'이라고 부르면서 개 짖는 소리를 내라거나 강아지처럼 기어 다니라고 요구하며 괴롭혔고, 이를 견딜 수 없던 이연희는 스스로 머리카락을 잘라 낸다. 그가 보인 고통의 몸부림은 누구에게도 이해받지 못했고 가진 옷과 물건을 빼앗기면서 '털 깎인 푸들'이 되어 더 지독한 놀림을 받게 된다. 이연희는 그 가운데 자신의 정체성과 자존감을 지키기 위해 안간힘을 쓴다. 자신에게는 이제 '개 짖는 소리'만 남았다고 절규한다. 그러나 그를 도와주는 사람은 없다. 수술 중 '움직이지 않아야 고통을 최소화할 수 있어요'라는 두 간호사의 말은 이연희가 조언을 구한 수많은 사람들이 이연희에게 무감하게 던진 말과 비슷했을 것이다. 학급 공동체가 모두 이연희를 제물로 삼을 때 전학생만이 이연희의 위기를 목격하고 고발한다. 그동안 침묵하던 담임 교사는 '시간이 해결해 줄 거야. 이제까지 모두 그렇게 살아왔거든'이라는 비겁한 답변을 내놓고 다시 묵인과 외면을 지속한다.

외로움의 절벽에 극도로 몰린 이연희가 유일하게 의지하는 것은 초록색 스웨터다. 따뜻한 초록색 스웨터만이 이연희가 당한 모든 수모와 모욕을 기억하고 그를 따뜻하게 품어 주었기 때문이다. 수술진은 그 스웨터를 한 올 한 올 풀면서 이연희를 둘러싸고 돌림 노래를 부른다. 노래를 마치고 초록색 스웨터를 다 풀면 반드시 원래대로 돌려놓아 주겠다고 말한다. 그 노래의 노랫말은 '서로 용납하라'이다. 이연희는 이것이 자신을 걱정하는 말인지, 그들은 무엇을 용납한 것인지 묻고 싶지만 이런 위로와 염려의 처방조차 그동안 한 번도 제대로 받아 본 적이 없기에 이 노래에 귀를 기울인다. 딸의 일에 관심이 없는 아버지는 자격증도 박탈당한 의사 김광호에게 자신의 딸을 수술해 달라고 맡겨 두고 건물을 경영하는 일에만 몰두하고 있다.

이연희의 문제는 또 있다. 그는 외부에서 볼 때는 지극히 정상적으로 보이는 자신의 가족이 '허울'에 불과하다는 것을 알고 있다. 지금 이연희의 부모는 친부모가 아니며 그들은 어린 이연희를 큰아버지 댁에 맡기고 사라진 상태다. 이것은 단지 이연희가 '양자'였다는 출생의 비밀에 대한 이야기가 아니라 그만큼 자신을 '맡겨진 자'로만 대하는 가족 공동체의 허위의식을 상징하는 것으로 보인다.

가족조차 자신을 위기에서 구하지 못했다는 것에 대한 이연희의 절망은 광인 수술대에서 스스로 몸에 연결된 '핏줄'을 끊어 내는 행동으로 이어진다. 그의 핏줄인 작은 언니는 '현실적인 면을 고려하라'고 냉정하게 충고해 왔다. 벽지의 반복되는 무늬를 세는 따위의 도움이 되지 않는 일을 하지 말고 '주민센터에서 등본을 떼고, 초본을 뗄 수 있는' 그런 일을 배우라고 말한다. 작은 언니의 이 주장은 의아하지만 섬뜩한 결론으로 이어진다. '초본을 뗄 수 있게 되면 그다음에는 은행에서 부채 증명서도 뗄 수 있다'는 것이다. 정작 쓸모없는 일에 몰두하고 있는 것은 작은 언니였다. 가장 가까운 핏줄의 고통조차 이해하지 못하고 냉정한 현실의 논리를 들이대는 작은 언니는 자신의 미래가 결국 '부채 증명서'를 떼는 삶으로 이어질 것임을 암시하고 있다.

이연희는 이렇게 하다가는 자신의 존재가 가루처럼 사라져 버릴지 모른다는 두려움에 할 수 있는 모든 것을 시도한다. 아이들이 던져 주는 개 사료를 받아먹으면서 생존이라도 유지하려고 애써 보기도 하고 머리를 박박 밀어서 저항해 보기도 한다. 수업 시간에 불쑥 욕을 해 보고 폭식을 하다가 비만이 되기도 한다. 그러나 이연희를 공격하는 외부자들의 태도가 달라지지 않는 한 그가 스스로 벌이는 노력은 무력한 몸부림일 뿐이었다. '정상인이 된다는 것이 무엇인지 모르겠어요'라는 이연희의 고백은 당연하다. 애초부터 광기가 서린 것은 한 아이를 제물 삼아 공격하고 의례적으로 보살핌으로써 자신의 존재 영역을 확보하려 했던, 그를 제외한 다른 사람들이었기 때문이다. 이연희가 자신의 존재를 지키기 위해서 얼마나 필사적으로 노력했는지는 수술 말미에 가면 좀 더 자세하게 밝혀진다. 학교를 그만둔 이연희는 학생증 대신 청소년증을 만들게 되는데 자신이 '청소년 소속'임을 밝히기 위해서 청소년증 사진에 나온 옷만을 입는다. 준거 집단인 학교를 벗어난 후에 만난 세상은 학교와 크게 다르지 않거나 더 차갑다. 외출할 때마다 '나라는 것을 믿지 않을 땐 그 티셔츠라도 보여 줘야 한다'는 이연희의 이야기는 우리가 도망칠 수 있는 곳이 짐작보다 많지 않다는 것을 알려 준다.

이 작품 속에 등장하는 어른들은 '논쟁'을 즐긴다. 그들은 한 사람의 여학생이 겪는 고통의 실체 따위에는 관심이 없다. 객관적 미와 주관적 미, 보편적인 것과 필수적인 것에 대한 관심만 드높다. 수술대의 이연희를 앞에 두고 벌이는 의사와 간호사 들의 기상천외한 논쟁은 그러한 어른들의 모습에 대한 정확한 비유다. 작가는 김광호의 입을 빌려 이연희가 '다른 사람들과 다른 것을 더 많이, 더 깊이, 볼 수 있는 독창성'을 지녔다고 평가한다. 그리고 자신은 이연희와 같은 광기를 지니지 못하고 정상인을 가장한 광인으로 살아가야 하는 것에 대해서 비참하다고 토로한다.

광인 수술은 코트를 다시 꿰매어 붙여 입고 스웨터를 다시 뜨개질해 입는 것, 그리고 박자를 알 수 없는 세계에 절망했던 이연희가 시계 소리의 박자에 맞추어 입을 열고 말을 하는 것으로 마무리된다. 의사 김광호는 각주를 빌려 자신이 이연희를 대신해 모종의 복수를 시행했음을 밝힌다. 이연희의 실험적인 수술은 비교적 성공리에 끝난다. 그리고 수술을 마친 이연희는 말한다. 자신은 비웃음거리가 된 적은 있으나 누군가를 비웃지 않았다고 말이다. 물론 그 모든 것은 김광호의 보고서에 나온 사실일 뿐이다. 진실은 이상한 수술대에서 발가벗겨지고 어느 외골수 무면허 의사가 유일하게 이연희의 상처를 이해한다. 책을 다 읽고 난 독자는 이 보고서가 부디 '오만한 신경정신과전문의 협회'로 상징되는 철벽같은 세상에 작은 흠집이라도 낼 수 있기를 바란다. 그러지 않는다면 자청해서 이 처절하고 아름다운 수술대에 오름으로써 수많은 '이연희들'을 구하려고 했던 주인공의 마음을 저버리는 일이 된다고 느낀다.

이 작품을 읽는 일은 고통스러우면서도 눈부신 일이었다. 작가의 표현을 빌리자면 '진주 목걸이의 줄이 끊긴 것처럼' 아찔했고 굴러가 버린 진주 알갱이를 주우러 소파 밑으로 기어들어 갈 때처럼 아득하고 안타까웠다. 이 새로운 독서 경험을 청소년 독자들도 함께할 수 있기를 바란다. 이것은 결코 객관적 미와 주관적 미의 논쟁이 아님을 밝힌다. 당신과 나는 이연희를 사이에 두고 서로 공감할 수 있을 것이라고 믿는다.